JAN HAGENA UND DIE VERMISSTE SCHÜLERIN

Ostfrieslandkrimi

ELLA LORENZ

Personen

Jan Hagena – Kriminalhauptkommissar

Tammo Feldmann – Kriminalhauptkommissar

Anna Kramer – Hauptkommissarin

Dr. Vierkant – Staatsanwalt

Sophia Ahrends – Architektin. Hagenas Freundin

Oma Wilma Bruns – Nachbarin von Hagena

Pumpkin – Hagenas Kater

Kapitel 1

Es war früher Nachmittag, als sie gedankenversunken das Schulgebäude verließ. 600 Meter waren es bis zur Haltestelle. Ein Weg, den sie tagtäglich ging. Dunkle Wolkenberge schoben sich an diesem Tag von Westen vor die Sonne. Eine drückende Wärme lag über dem ostfriesischen Marienhafe. Im Mittelalter suchte hier der Seeräuber Störtebeker Unterschlupf und Schutz vor der Hanse. Der geschichtsträchtige Ort mit der mächtigen Kirche aus dem 13. Jahrhundert, nordöstlich von Emden und südöstlich der Stadt Norden, war bei Touristen sehr beliebt.

Die Teenager, viele hatten das 18. Lebensjahr bereits erreicht, trafen sich montags in der letzten Schulstunde zum Handballtraining. Obwohl einige sich nur sporadisch sahen, verstanden sie sich alle gut. Gewöhnlich liefen sie nach dem Training gemeinsam zur Bushaltestelle, plauderten, tauschten Memes, teilten Bilder und Videos oder likten Tiktok-Trends. Alena, Torfrau, trödelte, stand zu lange vor dem Spiegel und schaute zu spät zur Uhr. Sie war die Letzte. Statt mit den anderen zu gehen, lief sie an diesem Tag alleine den Weg vom Schulgebäude zur Bushaltestelle. Den Blick auf das Smartphone gerichtet, schlenderte sie gemächlich den

Bürgersteig entlang. Ihre Sinne nahmen nur die Angebote eines Streamingdienstes wahr, alles andere um sie herum hatte sie ausgeblendet. Die junge Frau bemerkte nicht, wie sich ein Auto näherte. Es fuhr parallel zum Bürgersteig. Im Schritttempo begleitete der Wagen sie Meter für Meter. Erst als Kies, der auf der Straße lag, unter dem Druck abrollender Reifen laut knisterte, sah sie verblüfft zur Seite. Überrascht stoppte sie ihren Lauf. Das Fahrzeug, das mittlerweile auf ihrer Höhe zum Stehen gekommen war, kannte sie. Langsam fuhr die Seitenscheibe des blauen *Astra Kombis* ein Stück herunter. »Entschuldigung, ich wollte dich nicht erschrecken«, hörte sie eine männliche sonore Stimme aus dem Wageninneren.

»Nein, nein. Alles okay. Ich war nur ...« Verwundert schaute sie durch das, einen Spalt weit geöffnete Fenster. »Hallo!«

Der Mann hinterm Steuer fuhr die Seitenscheibe des Wagens komplett herunter. »Ich habe den gleichen Weg«, sagte er und sah sie dabei freundlich an. »Es sieht nach Regen aus. Steig ein.« Auffordernd bewegte er die rechte Hand in ihre Richtung. »Nass zu werden ist keine Option.«

Sie amüsierte sich über seine Worte, verließ ihren gewohnten Weg, öffnete die Beifahrertür und stieg in das Fahrzeug ein. Eine dezente Moschusnote, gepaart mit dem fesselnden Duft von Zedernholz und würzigem Lavendel, empfing sie im Inneren des Opels. Unterschwellig reagierten ihre Gefühle. Es war sein Rasierwasser, das ihrem Gehirn einen Streich spielte. Herb, sinnlich und maskulin, ließ der Duft in ihr ein wohliges Gefühl aufsteigen. Ihr Körper reagierte mit Emotionen, die sie nicht bewusst wahrnahm. Ohne ein weiteres Wort zu sagen, legte er den Gang ein, nachdem sie die Tür zugeschlagen und ihren Rock über die Knie gezogen hatte. Überrascht sah sie ihn an, als er den Wagen zügig in Bewegung setzte, so dass der Kies unter den

Reifen mit einem hörbaren Geräusch aufwirbelte. *Warum hatte er sie mitgenommen?* Gedanken sausten durch ihren Kopf wie ein Schwarm wilder Bienen. *Hatte er angehalten, nur weil sie die Letzte war, die zum Bus lief oder fand er sie attraktiver als die anderen Weiber aus ihrem Jahrgang?*

Sie hatte auf der Toilette getrödelt und sich unnötig lange mit dem Make-up beschäftigt, das ohnehin nach dem Training nicht mehr zu retten war. Dennoch hätte sie den Schülertransport, wie alle anderen, locker erreichen können. Statt im Gang eines schwankenden Busses zu stehen, saß sie jetzt in einem bequemen Wagen der Kompaktklasse. Ein englischer Popsänger, dessen Name ihr nicht in den Sinn kam, sang *»Baby Jane«*. Durch die Auslassdüsen strömte angenehm kühle Luft. Eine Wohltat bei den derzeitig sommerlichen Temperaturen von nahezu 27 Grad. Sie saß da, angespannt, ungewohnt nervös und dennoch in irgendeiner Weise zufrieden. Sie wagte nicht, den ersten Satz zu sagen, obwohl sie sich in seiner Nähe wohlfühlte. Souverän schaltete er die Gänge und beschleunigte den acht Jahre alten Opel auf 83 km/h, was innerorts viel zu schnell war. Er wollte weg hier. Raus aus dem Ort. Mit ihr alleine sein, das war sein Wunsch. Ahnungslos lächelte sie ihn an.

»Wo fahren wir hin?«, fragte sie verwundert, als er außerhalb der geschlossenen Ortschaft nach links in eine schmale Straße bog. »Eine Überraschung.«

Wiederholt zog sie ihren Rock über die Knie. *War es ein Fehler gewesen, am Morgen diese Klamotten anzuziehen?* In der unmittelbaren Nähe dieses Mannes, der mindestens 20 Jahre älter war, empfand sie ihr Outfit plötzlich unpassend. *Es war Sommer,* verteidigte sie sich. Sollte sie in langen Jeans und weitem Shirt zur Schule gehen? Alle liefen bauchfrei, mit Tennisröcken, Shorts oder hautengen Leggings herum. Warum sie nicht? Sie genoss es, wenn die Schüler der Oberstufe sich nach ihr umdrehten. Sie war attraktiv, mit einer

Topfigur und langen schlanken Beinen, die den Jungs die Sinne raubten. Schnell legte sie den Rucksack auf ihren Schoß.

Er sah gut aus. Nicht nur sie fühlte sich zu diesem Mann hingezogen. Viele in ihrem Alter himmelten diesen Typen an. Selten sah man in diesem Kaff einen derartig sportlich und gutaussehenden Mann wie ihn. Gewöhnlich trug er unifarbene Shirts, enge Jeans und Markenfreizeitschuhe. Der Dreitagebart, die muskulösen behaarten Arme und die getönte Brille, die er bei jeder Gelegenheit trug, gaben ihm etwas Verwegenes. Das einzige, was nicht passte, war das biedere Auto mit den zerschlissenen Sitzen und der Beule am Heck. Sie blickte nach links und rechts. Die Häuser verschwanden, es folgte eine weite Landschaft mit grünen Wiesen, grasenden Kühen, riesigen Ackerflächen und einem endlos weiten Horizont. Sie wollte nach Hause. Sie hasste diese Einöde. *Was hatte er vor? Welche Überraschung meinte er?*

»Dort wo wir hinfahren, sind wir alleine. Niemand wird uns stören.« Seine Stimme verändert, schürte Unbehagen in ihr. Sie spürte Kälte, die sich von den Händen über ihren ganzen Körper verteilte. Der Grund war nicht die Klimaanlage, die unermüdlich kalte Luft in das Innere des Wagens pustete. Aufkommende Angst war die Ursache. Sie kannte ihn nur freundlich, liebenswert und sympathisch. Weshalb war er plötzlich so anders?

»Ich muss meiner Mum mitteilen, dass ich mich verspäte.« Sie nahm ihr Smartphone und begann mit zwei Fingern zu tippen.

»Leg das Handy weg!«, brüllte er sie überraschend an. Erschrocken ließ sie das Gerät fallen. Sie wollte es wieder aufheben.

»Lass das Ding liegen«, fauchte er sie erneut an. »Du brauchst es nicht.«

»Warum? Ich will doch nur ...«

»Du wirst das tun, was ich dir sage. Verstanden?« Seine Worte duldeten keinen Widerspruch.

»Bringen Sie mich nach Hause! Jetzt! Sofort! Bitte!«

»Geduld.« Seine Stimme wurde wieder sanfter. »Wir sind gleich da. Genießen wir den herrlichen Sommertag zusammen. Es wird wunderbar werden. Später fahre ich dich nach Hause.« Zaghaft nahm sie das Smartphone vom Boden und steckte es zurück in den Rucksack. Verkrampft saß sie neben ihm, der Rucksack zu ihren Füßen und den Rock weit über die Knie gezogen. Er bemerkte ihre Unsicherheit und nahm ihre aufkommende Angst wahr. »Ich verspreche dir, es wird schön werden. Du wirst es mögen.« Ein warmer Schauer durchströmte seinen Körper, als er während der Fahrt ihren Oberschenkel berührte. Sanft glitt seine Hand unter ihren Rock. Sie zuckte zusammen, was ihn nur noch mehr erregte. Sie zitterte am ganzen Körper, schaute hin und her, als suchten ihre Augen nach einem Ausweg. Ihre Finger krallten sich in den harten Stoff des Autositzes, als seine Hand ihre Scham erreichte. Unwillkürlich drückte sie ihre Oberschenkel zusammen. Er genoss die Situation. Ihre Furcht gab ihm das Gefühl der Überlegenheit. Er spürte Macht, Wut und Lust. Ihr Widerstand steigerte sein Verlangen. Für ihn war es Abenteuer pur und eine Möglichkeit, dem tristen Alltag zu entfliehen. Sein Antrieb war, Neues auszuprobieren, Grenzen auszuloten und den Sprung in den Abgrund zu wagen. Er brauchte das. Regelmäßig. Er wollte, nein, er musste dieses Wagnis hautnah erleben. Die jungen Mädchen waren sein Heroin. Eine Droge, von der er nicht loskam. Er brauchte diesen Kick. Sein Verlangen war weit aus größer als seine Disziplin. Er konnte nicht anders, er musste so handeln.

Es hatte angefangen zu regnen. Dicke Tropfen prallten auf die Windschutzscheibe. Kreidebleich starrte sie den Mann an, den sie vor wenigen Minuten noch vergöttert hatte. So hatte sie ihn nicht in Erinnerung. Sie spürte den kalten

Schweiß, der ihr den Rücken hinunter perlte. Eine Furcht, die sie bislang nie gekannt hatte, übermannte sie in diesem Augenblick. Ihr war klar, dass sie das Auto schnell verlassen musste. Weg von diesem Mann. Heim zu ihrer Mama. Sobald das Fahrzeug das Tempo drosseln würde, wollte sie die Tür öffnen und sich aus dem fahrenden Auto fallen lassen. Den Verschluss des Sicherheitsgurtes hielt sie in der Hand, was nicht unbemerkt blieb und den Fahrer des Wagens wütend machte.

»Anhalten!«, schrie sie. »Halten Sie an! Ich will aussteigen!«

Statt ihrem Wunsch Folge zu leisten, trat er kräftig auf das Gaspedal und beschleunigte den Wagen, wodurch sie regelrecht in den Sitz gedrückt wurde. Angstvoll blickte sie zu dem Mann am Steuer. »Anhalten!«, schrie sie erneut. »Bitte. Halten Sie an. Ich will aussteigen.«

»Denk dran, du bist freiwillig in mein Auto gestiegen, also jammere hier nicht herum.« Er lachte hämisch, als sie zu weinen begann. Zügig bog er in einen Wirtschaftsweg ein. Sie atmete auf, als das Auto plötzlich stoppte. »Kann ich jetzt aussteigen?«, fragte sie mit zittriger Stimme.

»Weshalb, Mädchen? Jetzt wird es doch erst richtig schön.«

Kapitel 2

»Moin, Tammo!« Kriminalhauptkommissar Hagena traf seinen Mitarbeiter auf dem Flur.

»Moin, Chef. Sie brauchen die Jacke gar nicht auszuziehen.«

»Was gibt es Dringendes?« Fragend sah der Angesprochene zu seinem Mitarbeiter. Eigentlich hatte Hagena morgens gerne einige Minuten für sich, bis der Arbeitstag mit der üblichen Besprechung begann. An diesem Morgen schien alles anders zu sein. Statt in seinem Büro zu verschwinden, blieb er vor der Tür stehen und lauschte den Ausführungen seines Kollegen.

»Die Norder Polizei meldete uns soeben den Fund einer Leiche.«

»So früh am Morgen? Ist Frau Kramer bereits eingetroffen? Wurden sie informiert?«

»Anna kümmert sich um den Kaffee. Eigentlich wollte ich ihr die Arbeit abnehmen, aber da kam ich wieder einmal zu spät. Außerdem will sie absolut nicht, dass irgendjemand anderes ihren Job macht. In dieser Beziehung ist sie stur.« Tammo lächelte, was er sonst selten tat.

»Kein Wunder. In Sachen Kaffeezubereitung ist Frau

Kramer unübertroffen. Wenn ich an den Kaffee denke, den sie neulich ...«

»Was war mit dem Kaffee?«, fragte Hagena.

»Nichts. Er war sehr gut. Übrigens, der Anruf kam vor fünf Minuten. Ein Fax müsste gleich folgen.«

»Okay. Wir sehen uns in zehn Minuten in der Küche.«

Was in vielen Unternehmen als Meeting-Room bezeichnet wird, hieß beim K11 in Aurich schlicht und ergreifend *Küche*. Der Raum, ausgestattet mit einem großen Tisch, mehreren Stühlen und einer Küchenzeile, sollte ursprünglich einem anderen Zweck dienen. Aus Platzmangel wurde die vorhandene Küche zum Besprechungsraum umfunktioniert. Der Name blieb, die Nutzung änderte sich. Mittlerweile traf man sich hier nahezu jeden Morgen zu einer kurzen Besprechung und hin und wieder zu einer Kaffeepause.

HAGENA TELEFONIERTE MIT SEINEM VORGESETZTEN, bevor er die Küche aufsuchte. »Moin!«, sagte er, nahm die Kaffeekanne vom Tisch und füllte im Stehen seinen Becher.

»Es gibt Arbeit.« Hagena setzte sich neben Anna an den Tisch. »Vermutlich ein neuer Fall. Details erzählt uns am besten Tammo. Er hat mit den Kollegen in Norden gesprochen.« Hagenas Blick wanderte zur Person zu seiner Rechten. »Tammo, Sie haben das Wort.«

»In der Krummhörn wurde eine Leiche gefunden. Die Polizei Norden informierte uns vor wenigen Minuten. Laut ihren Schilderungen deutet alles auf ein Gewaltverbrechen hin. Nähere Informationen liegen derzeit nicht vor. Anna, die Daten zum Fundort habe ich auf dein Handy gesendet. Diese Ausdrucke sind für Sie, Chef.«

Hagena überflog die Texte. »Es bleibt heute Morgen wenig Zeit für einen Kaffee. Wir wollen die Norder Kollegen nicht warten lassen. Frau Kramer, ich fahre mit Ihnen.

Tammo, Sie fahren alleine. Nehmen Sie die Drohne mit. Wir treffen uns am Fundort der Leiche.« Hagena erhob sich von seinem Platz. »Tammo? Was ist mit der Spusi?«

»Müsste bereits vor Ort sein.«

»Frau Kramer, in 15 Minuten starten wir.«

EIN TIEF über Schottland brachte dem Norden in der Nacht den langersehnten Regen. Dunkle Wolkenberge schoben sich am frühen Morgen über den ostfriesischen Himmel. Anna stoppte den Passat vor der Ausfahrt. Hagena öffnete kurz den Kofferraum, warf etwas hinein und stieg dann zu Anna in den Wagen. »Haben Sie Gummistiefel dabei?«, fragte er.

»Ich habe dazu gelernt, Chef. Seitdem ich vor einem Jahr mit meinen neuen Sneakers im Kleiboden eingesackt bin, habe ich immer Stiefel dabei. Im Übrigen, die Schuhe konnte ich nach dem Einsatz auf dem fetten Marschboden entsorgen. Trotz Waschpulver und Schrubber ließ sich der Dreck nicht entfernen.«

SIE FUHREN von Aurich Richtung Georgsheil. Dort bogen sie nach rechts ab und folgten der B 72 nach Marienhafe.

»Hier hat der Seeräuber Störtebeker Zuflucht vor seinen Verfolgern gesucht. So weit ich weiß, wollten die Hamburger ihn lynchen«, sagte Hagena.

Um diese Uhrzeit, die meisten Pendler Richtung Norden waren bereits durch, hielt sich der Verkehr in Grenzen. Sie kamen gut voran.

»Die Story kenne ich. In der Schule hat der Lehrer von der Hanse und den Piraten erzählt. Spannende Geschichte. Dort drüben, in diesem großen kantigen Turm«, Anna zeigte nach links, »soll sich Störtebeker mehrere Jahre aufgehalten haben.«

»Ob der Seeräuber tatsächlich hier gelebt hat, ist nicht sicher. Auf jeden Fall zieht die Geschichte jedes Jahr viele Touristen nach Marienhafe.«

»Laut Navi müssen wir gleich links abbiegen«, sagte Anna, die routiniert das Fahrzeug lenkte. Gerne drückte sie auf das Gaspedal. Mit den zur Verfügung stehenden 220 PS kam der schwarze VW Passat schnell in Fahrt.

»In Osteel müssen wir die B 72 verlassen, so hat es Tammo notiert.«

»*Woldeweg* wird hier angezeigt. Ist das richtig?«

»Korrekt, diese Straße wird von den Norder Kollegen in der Mitteilung aufgeführt. Dort soll der Fundort der Leiche sein. Augenscheinlich ein unscheinbarer Wirtschaftsweg.«

Anna bog links ab und folgte dem Straßenverlauf. Nach wenigen hundert Metern eröffnete sich eine malerische weite Landschaft, mit einem Blick bis zum Horizont. Die schmale Straße führte vorbei an Wiesen und Äckern zu Bauernhöfen, die mit ihren roten Dächern in der Ferne gut zu erkennen waren. Hier, links und rechts der Straße, wurde überwiegend Getreide angebaut. Nur wenige Bauern nutzten die Ländereien für die Heu- und Silage-Gewinnung. Rinder sahen sie nur wenige. Grund war die Ganzjahresstallhaltung, die sich in den letzten Jahren auch in Ostfriesland durchgesetzt hatte. An einigen Stellen war der ‚*Woldeweg*‘ aufgrund von starker Nutzung durch landwirtschaftliche Fahrzeuge verdreckt.

»Ich denke, heute Nachmittag müssen Sie das Auto waschen, Frau Kramer.«

»Ich?« Sie reagierte erstaunt. »Dafür fehlt sicherlich die Zeit. Ich vermute, der neue Fall wird uns dermaßen beschäftigen, dass keine Zeit für andere Dinge bleibt.«

»Da könnten Sie mit Ihrer Vermutung richtig liegen«, antwortete Hagena gelassen.

. . .

NACH ETWA DREI Kilometern Fahrtstrecke stoppte Anna hinter einem Streifenwagen der Norder Polizei. Beide stiegen aus und gingen zum hinteren Teil des Wagens. Sie entledigten sich ihrer Schuhe und tauschten sie gegen Gummistiefel, die sie aus dem Kofferraum des Wagens holten. Mit dem derben Schuhwerk folgten sie der Straße weiter zu Fuß. Nach weniger als fünfzig Metern kam ihnen Tammo mit großen Schritten entgegen,

»In diese Richtung, Chef. Gut, dass Sie Stiefel angezogen haben. Hier ist mit normalem Schuhwerk kein Vorankommen.«

»Wo ist die Leiche?«, fragte Anna und schaute in alle Richtungen.

»Dort drüben.«

»Identität? Was wissen Sie über die Leiche?«, wollte Hagena wissen.

»Kann ich nichts zu sagen.«

»Weshalb nicht? Sie sind doch bereits einige Zeit hier vor Ort.«

»Nee, erst seit zwei Minuten. Ich musste noch tanken.«

»Keine Papiere, kein Handy, nichts. Ich weiß nur, dass es sich um die Leiche einer Frau handelt.«

»Wie alt?«, fragte Hagena im Gehen.

»Diese Frage konnte mir bisher keiner beantworten.«

»Weshalb? Tammo, Sie enttäuschen mich. Sonst wissen Sie immer alles.«

»Heute nicht. Heute ist alles etwas anders.«

»Wie? Was ist anders?«

»Das wollte der Kollege aus Norden mir nicht erläutern. Er sagte nur: Sehen Sie sich die Leiche selbst an. So etwas haben Sie noch nicht gesehen.«

»Da bin ich mal gespannt. Ich habe schon viel gesehen in meiner Dienstzeit bei der Kripo«, entgegnete Hagena.

Tammo zeigte zu einer Ansammlung von Personen. »Dort müsste sie liegen.«

Hagena und Anna Kramer stapften ihrem Kollegen hinterher, der mit weit ausladenden Schritten vorauseilte. Sie liefen die Straße entlang, bis sie nach 100 Metern zu einem kleinen, unscheinbaren Weg kamen, der zu den Wiesen führte.

»Vorsicht! Dieser Weg ist stark verschmutzt«, warnte Tammo. »Überall Kuhscheiße und Dreck. Der Dreck ist unter den Stiefeln überaus rutschig. Feuchter Kleiboden ist wie Schmierseife. Zusätzlich klebt er wie Brotteig.«

»Sehen Sie das landwirtschaftliche Anwesen dort drüben?« Hagena zeigte zu einem ansehnlichen Hof mit großen Stallungen. Rechts neben dem Hauptgebäude, das vermutlich in den 50er Jahren erbaut worden war, stand ein 70 Meter langer Neubau. Ein Boxenlaufstall mit mehreren Kraftfuttersilos. »Wurden die Leute von dem Hof befragt?«

»Alle Personen vom Hof, sowie der Fahrer eines Futtermitteltransporters wurden von der Norder Polizei eingehend befragt. Sie haben weder etwas gehört, noch gesehen.« Tammo Feldmann blieb stehen. »Gegen 7 Uhr 45 heute Morgen trieben der Hofbesitzer und sein Azubi die 125 Rinder vom Stall auf die Weide. Tagsüber sind die Tiere für einige Stunden draußen. Der 17-Jährige entdeckte die Leiche zuerst und das nur, weil einige Rinder scheuten. Der Auszubildende erlitt einen Schock. Er wurde vom Notarzt versorgt. Ihm geht es den Umständen entsprechend gut«, berichtete Tammo. »Der Bauer rief dann sofort die Polizei.«

DER FUNDORT WAR UMRINGT von vier uniformierten Personen sowie zwei Männern von der Spurensicherung. »Können wir uns die Leiche aus der Nähe ansehen?«, rief Hagena, »wir sind von der Kripo Aurich. Jan Hagena ist mein

Name und das sind Frau Anna Kramer und Herr Tammo Feldmann.«

»Wir sind hier fertig«, antwortete der Mann im weißen Schutzanzug. Er und sein Kollege hatten, trotz der widrigen Umstände, nach verwertbaren Spuren gesucht.

Hagena, gefolgt von Anna und Tammo, stapften durch den grauen klebrigen Kleiboden. Es war ein nahezu unbefestigter Weg, der zum Fundort der Leiche führte. Kaum drei Meter breit, verlief er etwa 250 Meter weit in Richtung der angrenzenden Weiden. Der Boden rechts und links des Weges war aufgrund des Regens völlig aufgeweicht und von den Klauen der Rinder in einen matschigen Brei verwandelt worden. Stellenweise hatte man den Weg mit dunklem Schotter ausgebessert. Hagena blieb neben der Leiche stehen. Tammo und Anna hielten zwei Meter Abstand. Was sie sahen, schockierte alle drei. Fassungslos und stumm starrten sie zu der Toten. Selbst Hagena fehlten die Worte.

Kapitel 3

»Der Bauer und sein Auszubildender haben sie so gefunden. Der Hof des Bauern ist gleich dort drüben«, sagte ein großgewachsener Polizeibeamte. »Er und sein Azubi fanden die Leiche, als sie am frühen Morgen die Kühe zur Weide trieben.«

»Das hat mir bereits mein Mitarbeiter mitgeteilt.«

»Tammo Feldmann ist bei der Kriminalpolizei?«, fragte der Beamte verwundert. »Ja, was dachten Sie denn?«, erwiderte Anna.

»Haben Sie etwas gefunden? Persönliche Sachen? Handy? Tasche? Schmuck? Kleidungsstücke?« Hagena wandte sich an den Mann im weißen Overall, der abseits stand und mit einer kleinen Schaufel im Matsch stocherte.

»Nichts. Hier werden wir definitiv nichts finden. Die Kühe haben alles rund um die Leiche zertrampelt. Insofern können wir uns eine intensivere Suche schenken.«

»Das denke ich nicht. Fordern Sie Unterstützung an. Ich möchte, dass der Boden im Radius von 15 Metern rund um den Fundort der Leiche umgegraben und penibel durchsucht wird. Jeder Krümel wird auf Spuren überprüft. Jeder Fussel, jedes Haar und jede Faser ist wichtig. Gleichzeitig wird ein zweiter Suchradius eingerichtet. In diesem neuen Radius, 500 Meter im Umkreis der Leiche, wird intensiv nach den Kleidungsstücken des Opfers gesucht. Ich möchte bis heute Abend ein Ergebnis haben. Kriminalhauptkommissar Tammo Feldmann wird diese Aktion begleiten.«

»Chef, wäre es nicht besser ....?« Mit dem Gesichtsausdruck eines 12-jährigen Jungen, der zu Hausarrest verdonnert worden war, blickte Tammo zu seinem Vorgesetzten, der telefonierte. »Gute Nachricht, Tammo. Ich bekam gerade eine Info aus Norden. Es wurde dort ein Trupp von 17 Personen zusammengestellt, bestehend aus Feuerwehrleuten und Polizeibeamten. Sie werden in einer Stunde hier vor Ort sein und die angrenzenden Weiden absuchen. Bevor die Leute kommen, sind Sie gefragt«, Hagena grinste. »Tammo, jetzt können Sie endlich unsere neue Drohne zum Einsatz bringen. Machen Sie genügend Aufnahmen. Später können Sie die Daten am Rechner auswerten. Ihre exzellenten Augen werden sicherlich etwas entdecken.«

»Moment!«, hörte Hagena eine Stimme rufen. Er drehte sich um und sah einen Polizisten, der mit großen Schritten durch den Matsch stapfend auf ihn zu kam. Man sah ihm eine gewisse Erschöpfung an. Der Marsch durch den Dreck kostete den sichtlich untrainierten Beamten die letzten Energiereserven. Keuchend stoppte er vor den Auricher Beamten. »Der Leichenwagen«, japste er, »er ist unterwegs. Wird wohl in 20 Minuten hier auftauchen.«

»Wie will man die Leiche abtransportieren? Der Bestatter wird einen Schock bekommen, wenn er die Tote sieht.« Nachdenklich blickte Tammo zu Boden.

»So etwas habe ich auch noch nie gesehen.« Der Polizist hechelte wie ein Hund nach der Hasenjagd. Anna trat näher an die Leiche heran. »Ist sie überall ...?«

»Der Notarzt hat versucht, sie auf den Rücken zu drehen«, sagte der völlig erschöpfte Beamte. »Zwecklos. Sie ist von oben bis unten ...« Hagena unterbrach den Polizisten, der noch immer völlig außer Atem war. »Was ist das für eine Farbe?«

»Ich denke, das ist Holzschutzfarbe. Kann man in jedem Baumarkt kaufen. Ich nutze eine ähnliche Farbe, um meine Sichtschutzzäune zu streichen. Nur nicht in diesem Grünton. Die Farbe trocknet schnell und ist wetterbeständig.«

»Wie kommt man auf diese abscheuliche Idee? Der Täter muss krank sein. Weshalb übergießt man einen Menschen mit dieser Menge Farbe? Das müssen ja mehrere Eimer voll gewesen sein«, sagte Anna. Man sah, wie angewidert sie war.

»Ob sie an der Farbe erstickt ist?«, fragte Tammo.

Hagena hockte sich nieder und betrachtete die Tote aus der Nähe. »Das muss die Rechtsmedizin feststellen. Ich gehe davon aus, dass der oder die Täter Spuren vertuschen wollten. Deshalb wurde die Frau mit Farbe übergossen.«

»Und wenn es eine Session war?« Anna Kramer schaute euphorisch auf die Leiche. »Er hat sie inszeniert, Chef. Wie ein Kunstwerk.« Anna war von ihrer plötzlichen Eingebung angetan. »Das ist kein Mord, das ist Kunst. Der Täter hält sich für einen Künstler, nicht für einen Mörder. Ich habe von einem ähnlichen Fall gelesen. In den USA gab es vor einigen Jahren einen Serienmörder, der Frauen tötete und sie danach kunstvoll bemalte. Man ist ihm auf die Spur gekommen aufgrund von Fotos, die er für teures Geld im Internet angeboten hatte.«

»Wenn das so ist, sollten Sie in den nächsten Tagen die sozialen Medien im Auge behalten, Frau Kramer. Künstler brauchen Publikum und Aufmerksamkeit. Möglicherweise postet der Täter ein Foto von seinem Kunstwerk.«

»Weshalb hat der Täter das Opfer von oben bis unten mit Farbe übergossen?«, fragte Tammo, der neben Hagena stand und nachdenklich die Leiche betrachtete. »Das ist in meinen Augen keine Kunst. Das ist Schweinkram.«

»Anna ist anderer Meinung«, antwortete Hagena.

»Genau! Der Täter ist Künstler und kein gewöhnlicher Straftäter, der Spuren vertuschen wollte«, erwiderte Anna.

»So wie es aussieht, hat er professionelle Arbeit geleistet. Selbst die Haare und die Körperöffnungen wurden mit Farbe versehen.«

»Er hat sich Mühe gegeben«, stellte Anna fest. »Er liebte sein Werk.«

»Er war nicht in Eile. Selbst die Ohren hat er mit Farbe gefüllt. Er hat sich die Zeit genommen und vermutlich mit einem mitgebrachten Pinsel die Farbe sorgsam verteilt. Ich bin kein Psychologe, dennoch würde ich behaupten, der Täter hatte Freude an dieser Tätigkeit«, sagte Hagena.

»Hier wurden einige Liter Farbe verbraucht«, bemerkte Tammo.

»Ich gehe von einem Täter aus. Mehrere Täter wären nicht so behutsam vorgegangen. Dieser Täter hat keinen Tropfen Farbe am Leichenfundort verschüttet. Er ging überlegt vor. Ich denke, er hat alles genau im Vorfeld durchdacht.«

Tammo stapfte um die Leiche herum und betrachtete sie von allen Seiten. Nachdenklich blieb er stehen, ging in die Hocke, erhob sich wieder, bevor er sich Hagena zuwandte. »Mir kommt das Ganze höchst seltsam vor. Der Täter, wenn es nur ein Täter war, hat sich Mühe gegeben. Für mich völlig unverständlich. Weshalb hat er die Tote nicht einfach mit Benzin übergossen und angezündet?«

»Sehen Sie sich um, Tammo. Dann haben Sie die Antwort.«

Tammo drehte seinen Kopf von links nach rechts und von rechts nach links. »Ich verstehe nicht, was Sie meinen, Chef.«

»Ostfriesland ist flach wie ein Pfannkuchen. Wenn der Täter die Leiche mit einer brennbaren Flüssigkeit übergossen und angezündet hätte, würde man das kilometerweit sehen.

Der Täter hätte nur ein minimales Zeitfenster gehabt, zu entkommen. Und um Spuren zu beseitigen, ist Feuer zu legen nicht die beste Maßnahme. Wer einen menschlichen Körper komplett verbrennen will, benötigt hohe Temperaturen. Diese enorme Hitze erreicht man nicht mit einem Kanister Benzin. Viele Täter unterschätzen, wie schwierig es ist, eine Leiche für immer verschwinden zu lassen. Oft sind Mörder unter Zeitdruck, unter Stress oder sie haben einfach nur Angst. Deshalb werden die meisten Mordopfer in der Nähe von Straßen und Wegen gefunden, oft nur notdürftig versteckt.«

»Im Gegensatz zu unserem Täter. Er hat sich Zeit gelassen«, betonte Anna.

»Ich denke, er war gut vorbereitet.«

»Sie meinen, Chef, dieses Tötungsdelikt war kein Zufall, sondern gründlich geplant?«

»Der Ablageort der Leiche wurde bewusst ausgewählt. Der Täter kannte diesen Ort. Er wählte eine regenreiche Nacht und entschied sich für einen unbefestigten Weg. Er wusste, dass die Rinder hier sämtliche Spuren zertrampeln würden. Er musste sich nur um die Leiche kümmern. Die übergoss er mit Farbe.«

»Der Täter musste die Frau und jede Menge Farbe transportieren«, bemerkte Anna.

»Genau. Somit kam der Täter mit einem größeren Wagen. Vermutlich einem Kombi.«

»Da könnten Sie richtig liegen, Tammo. Ich gehe von mehreren Eimern Farbe aus, die der Täter mitgebracht haben muss.«

Kapitel 4

Nur wenige Sonnenstrahlen schafften es an diesem Morgen, die dichte Wolkendecke zu durchdringen. Die grüne Farbe glänzte auf den Schulterblättern und an den Oberschenkeln der Toten. Abstoßend und dennoch ästhetisch. War es Kunst oder war es ein grauenvolles Tötungsdelikt? Hagena sah nur eine Leiche.

»Wo hat er die Farbe gekauft? Und wo befinden sich die leeren Eimer jetzt?«, fragte er, machte einige Schritte nach links, lief wieder zurück, ging weitere Schritte nach rechts und schaute dann zur Straße. »Das muss für den Täter eine Knochenarbeit gewesen sein. Erst die Frau, dann die Farbeimer und das nachts, ohne Licht und bei diesen widrigen Bodenverhältnissen. Der Typ muss gut in Form gewesen sein.«

»Und wenn er Hilfe gehabt hat?«, überlegte Anna. »Ebenso sollten wir in Betracht ziehen, dass der Täter auch eine Täterin gewesen sein könnte.«

»Das muss aber eine kräftige Frau gewesen sein, Anna. Die Tote wiegt mindestens 55 kg«, warf Tammo ein.

»Warten wir die Untersuchungsberichte ab«, sagte Hagena, »die Leiche muss auf schnellstem Wege nach Oldenburg. Hoffentlich finden die Rechtsmediziner verwertbare Spuren. Jedenfalls wäre es von Vorteil, wenn wir zügig die genaue Todesursache und die Identität erfahren würden.«

»Ich gehe von einem Sexualdelikt aus«, sagte Tammo spontan.

»Da könnten Sie richtig liegen«, erwiderte Hagena.

»Denke ich auch.« Anna Kramer zückte ihr Smartphone und machte Fotos vom Tatort und von der Leiche.

»Wir müssen wissen, wer in den letzten Tagen und Wochen eine größere Menge dieser grünen Holzschutzfarbe gekauft hat. Tammo, Sie befragen sämtliche Baumärkte im Radius von 50 Kilometer.«

»Soll ich die alle abfahren?«

»Ich weiß, Sie lieben Baumärkte, aber heutzutage arbeitet die Kriminalpolizei mit modernen Fernsprecheinrichtungen. Bei uns in Aurich bezeichnet man diese als Telefon oder als Handy. Das ist effektiver und schneller als alle Baumärkte mit dem Auto abzuklappern.«

»In jedem größeren Ort gibt es mittlerweile solche Märkte. Da bin ich einige Stunden beschäftigt.«

»Wie finden wir jetzt die Identität des Opfers heraus?«, wollte Anna wissen. »In diesem Zustand können wir sie unmöglich für eine Pressemitteilung fotografieren.«

»Sollte bis zum späten Nachmittag keine Vermisstenmeldung eingegangen sein, wenden wir uns dennoch an die Presse. Frau Kramer, setzen Sie sich umgehend mit den Dienststellen in Leer, Emden und Norden in Verbindung. Dort könnte eine Vermisstenmeldung vorliegen.«

»Mache ich sofort.«

»Alternativ könnten uns die Zähne der Toten oder ihre Fingerabdrücke weiterbringen. Vorausgesetzt die Fingerabdrücke sind im System.«

»Ich fahre zurück nach Aurich«, sagte Tammo.

»Stop, Tammo! Bleiben Sie hier. Haben Sie die Suchaktion vergessen?«

Tammo blieb abrupt stehen. »Welche Suchaktion? Ich dachte, ich soll mich um die Baumärkte kümmern.«

»Erst der Drohnenflug, dann die Baumärkte. Ich erwarte zeitnah Ihren Bericht.«

HAGENA SPRACH KURZ mit dem Leiter der Norder Polizei, verabschiedete sich und eilte zum Dienstwagen. Anna wartete bereits. »Können wir losfahren?«

»Moment, ich muss noch die verdreckten Stiefel ausziehen.«

Drei Minuten später saß Hagena mit sauberen Schuhen im Auto.

»Chef, ich habe eine SMS erhalten. Seltsamerweise kommt die Meldung von der Polizei in Emden.«

»Was ist daran so ungewöhnlich?«

»Die Vermisste wohnte in Greetsiel. Zuständig ist die Polizei Norden.«

»Wer wird vermisst und seit wann?«, fragte Hagena ungeduldig.

»Ein 18-jähriges Mädchen ist vorgestern nicht von der Schule nach Hause gekommen.«

»Adresse?«

»Sie wohnte bei ihren Eltern, die auch die Vermisstenmeldung aufgegeben haben. Die Adresse habe ich bereits auf meinem Handy. Dollartstraße in Greetsiel.«

»Okay. Worauf warten Sie? Fahren Sie los.«

»Ich dachte, Sie wollten mir noch etwas sagen.«

»Fahren Sie nach Greetsiel. Das finden Sie auch ohne Navi. Wir besuchen die Eltern der vermissten Person.«

· · ·

VOM FUNDORT der Leiche bis zur Dollartstraße in Greetsiel waren es kaum 15 Minuten Fahrtzeit. Zügig folgte Anna der K221 Richtung Leysander Neuland, um von dort über die L27 nach Greetsiel zu fahren.

»Werden Sie etwas vom Fund der Leiche sagen?«, fragte Anna vorsichtig.

»Was wissen wir über die Tote? Nichts. Den Eltern sollten wir die Hoffnung lassen, dass ihre Tochter bald zurückkehrt. Erst wenn die Identität zu hundert Prozent geklärt ist, werden wir die Angehörigen informieren.«

Sie parkten am Straßenrand. Das Einfamilienhaus, in roten Klinkern erbaut, befand sich in einer ruhigen Wohnstraße. Vermutlich stammte es aus den 70er Jahren. Der gepflegte Rasen und die üppige Blütenpracht in den Beeten zeugte von der Liebe zur Gartenarbeit. Anna betätigte die Klingel neben der weißen Eingangstür. Sofort hörten sie das Bellen eines Hundes. Wenige Sekunden später stand dieser kläffend vor der Tür und lugte durch das getönte Glas. Anna machte zwei Schritte zurück, als sich die Tür öffnete.

»Moin! Keine Angst. Unser *‚Cesar‘* ist harmlos.« Die Frau an der Tür schubste den Schäferhund zur Seite.

»Sind Sie Frau Tönjes?«

»Ja? Warum?«

»Ich bin Kriminalhauptkommissar Hagena. Das ist meine Kollegin Hauptkommissarin Kramer. Dürfen wir eintreten?«

»Sind Sie wegen unserer Tochter gekommen? Haben Sie Alena gefunden? Wo ist sie?«

»Können wir drinnen weiter reden?«

»Ja, ja. Kommen Sie herein.« Hagena spürte die Aufgeregtheit der etwa 45-jährigen Frau, die mit der Situation überfordert schien. »Mein Mann ist nicht da. Er arbeitet im Volkswagenwerk Emden und kommt nicht vor 16 Uhr nach Hause. Sie sind von der Polizei, sagten Sie? Weshalb? Ich meine ... Wir gehen ... Dort ist die Küche. Wir können ... Ich meine ... Wollen wir uns ins Wohnzimmer setzen?«

»Alles gut, Frau Tönjes«. Hagena versuchte, die Frau zu beruhigen. »Wir unterhalten uns in Ihrer Küche.« Maria Tönjes führte die Beamten in eine aufgeräumte Küche, in der der Duft von getoastetem Brot und frischem Kaffee in der Luft lag. »Möchten Sie Tee oder Kaffee?«

»Danke, Frau Tönjes. Wir möchten nichts. Setzen Sie sich bitte.« Hagena zeigte auf einen Stuhl. Maria Tönjes folgte der Anweisung des Beamten. Sie atmete hastig.

»Wann kommt unsere Tochter nach Hause? Geht es ihr gut?«

»Frau Tönjes, zu welchem Zeitpunkt haben Sie bemerkt, dass Ihre Tochter verschwunden sein könnte?«

»Nachmittags. Ja. Am späten Montagnachmittag. Alena kommt immer mit dem Bus. Meistens ist sie gegen 14 Uhr zuhause, an einigen Tagen erst gegen 17 Uhr. Die Stundenpläne sind chaotisch und ändern sich fast jede Woche. Lehrermangel, überfüllte Klassen und ständig fällt Unterricht aus. Sie war nie später als 17 Uhr zuhause. Falls mal etwas dazwischen kam, hat sie mich sofort benachrichtigt. Manchmal habe ich sie von der Schule abgeholt, wenn sie den Bus verpasst hat. Ich habe den ganzen Nachmittag gewartet. Das Essen stand auf dem Ofen. Es wurde 18 Uhr und es wurde 19 Uhr. Sie hat nicht Bescheid gesagt. Ich hatte das Telefon die ganze Zeit bei mir.«

Maria Tönjes wirkte angespannt. Immer wieder wischte sie mit der flachen Hand über die Tischplatte, als lägen dort Krümel von den letzten Mahlzeiten. »Als mein Mann nach Hause kam,« sagte sie mit zittriger Stimme, »hat er sofort die Freundinnen unserer Tochter angerufen. Alle waren zu Hause. Niemand wusste, wo Alena war. Mein Mann hat sofort den Schulleiter angerufen, hat sich bei den Krankenhäusern erkundigt und ist zur Schule gefahren. Nichts.«

Maria Tönjes nahm ein Päckchen Papiertaschentücher vom Küchenschrank und versuchte es zu öffnen, was ihr nicht gelang. »Wir machen uns große Sorgen, Herr Kriminalkommissar.«

»Haben Sie versucht, sie über ihr Handy zu erreichen?«

»Mehrfach. Immer wieder. Alle 10 Minuten. Immer nur hörte ich die Mailbox. Sie hat nicht zurückgerufen. Ich habe es heute mindestens schon fünfzig Mal probiert.«

»Geben Sie uns bitte die Nummer Ihrer Tochter. Eventuell können wir über den Mobilfunkanbieter etwas in Erfahrung bringen.«

»Sie teilt uns immer mit, wenn sie nicht nach Hause kommt. Manchmal übernachtet sie bei einer Freundin. Immer ruft sie an und informiert uns. Nie ist sie fortgeblieben, ohne eine Nachricht zu hinterlassen.«

»Kam es öfters vor, dass sie bei Freundinnen übernachtete?«

»Ein- oder zwei Mal im Monat.«

»Haben Sie mit den Freundinnen gesprochen?«

»Ja, wie ich schon sagte, mein Mann und ich haben alle angerufen.« Die Augen der Frau füllten sich mit Tränen. »Niemand weiß, wo Alena ist. Niemand. Sie kann doch nicht einfach so verschwinden.« Frau Tönjes versagte kurz die Stimme. Sie erhob sich von ihrem Platz, lief zum Kühlschrank, griff nach einer Wasserflasche, öffnete sie, füllte ein Glas und nahm hastig einen Schluck, dann setzte sie sich wieder. »Wo ist Alena? Sie lebt doch, oder?«

»Hat Ihre Tochter in den letzten Tagen etwas Ungewöhnliches erwähnt, Veränderungen angedeutet oder von neuen Bekanntschaften gesprochen? Hat sie häufiger den Namen eines Freundes, einer Freundin oder den Namen einer anderen Person erwähnt?«

»Warum fragen Sie das? Ist Alena etwas zugestoßen? Was wissen Sie? Sie müssen es mir sagen!«

»Beruhigen Sie sich, Frau Tönjes. Die Suche nach ihrer Tochter ist sofort gestartet, nachdem wir Ihre Vermisstenmeldung erhalten haben.«

»Sie haben Sie nicht gefunden?«

»Nein, Frau Tönjes. Es sind weniger als 48 Stunden vergangen, seit wir die Vermisstenmeldung erhalten haben.«

»Aber ..., aber ...!« Maria Tönjes begann heftig zu weinen. »Wenn ihr etwas passiert ist und sie irgendwo verletzt liegt. Man muss ihr doch helfen. Alena ist erst 18 Jahre. Sie kann doch nicht alleine ...«

»Wir setzen alle Hebel in Bewegung, um Ihre Tochter zu finden, Frau Tönjes. Dafür benötigen wir aber Ihre Mithilfe.«

»Was kann ich tun?«, schluchzte die Mutter.

»Können Sie uns die Namen der Freundinnen und Freunde Ihrer Tochter geben?«

»Alle kenne ich sicher nicht, aber einige.«

Maria Tönjes nannte acht Namen. Anna Kramer notierte alle, so wie den Namen der Schule und des Schulleiters.

»Mein Mann hat heute Morgen in der Schule angerufen. Keiner konnte uns etwas Konkretes sagen. Ihm wurde mitgeteilt, dass junge Leute in diesem Alter oft verrückte Ideen hätten. Manchmal würden sie spontan ausreißen, nach Paris, Bali oder Ibiza reisen. Das ist Unsinn, was diese Pädagogen da von sich geben. Herr Kommissar, ausreißen, das würde unsere Alena niemals tun.«

»Beschreiben Sie uns bitte Alena. Wie sieht sie aus? Was trug sie an dem Tag ihres Verschwindens für Kleidung? Hatte sie eine Tasche dabei?«

»Ich kann Ihnen Fotos zeigen.« Maria Tönjes erhob sich von ihrem Platz und verließ die Küche. Nach wenigen Minuten kam sie mit einer Schachtel in der Größe eines Schuhkartons zurück.

»Das sind aktuelle Bilder von ihr«, sagte Maria Tönjes unter Tränen. Sie nahm mehrere Fotos aus der Box und legte sie nebeneinander auf den Küchentisch. »Unser Sohn hat die Bilder gemacht. Es war der Geburtstag meines Mannes. Er ist vor drei Wochen 60 Jahre alt geworden.«

Maria Tönjes zeigte auf eines der Bilder. »Das ist Alena.« Ein zaghaftes Lächeln zeigte sich auf ihrem Gesicht. »Sie hat ihrem Vater *Nordic Walking-Stöcke* geschenkt. Vermutlich, weil mein Mann in den letzten Jahren etwas in die Breite gegangen ist. Es war eine schöne Feier, wir haben an dem Tag viel gelacht.«

»Darf ich eines der Fotos mitnehmen?«, fragte Hagena.

»Ja, natürlich«, sagte Maria Tönjes leise.

»Wissen Sie, welche Kleidung Ihre Tochter trug, als sie sich Montagmorgen auf den Weg zur Schule machte?«

»Ob Sommer oder Winter. Alena trägt ständig ein schwarzes Kapuzenshirt, weiße Sneaker und blaue Jeans. Viele in ihrem Alter gehen bauchfrei und mit extrem kurzen Röcken zur Schule. Das gehört sich doch nicht, oder? Unsere Tochter hat das zum Glück nie gemacht. Sie fährt tagtäglich mit dem Bus zur Schule. Seit letztem Jahr Weihnachten nimmt sie ihren schwarzen Rucksack mit. Schultaschen, wie wir sie früher hatten, gibt es ja kaum noch. Viel muss sie ohnehin nicht mitnehmen, das meiste bleibt in der Schule. Nur Schreibzeug, einen Block und zwei oder drei Bücher hat sie immer dabei. Ihr Tablet liegt oben in ihrem Zimmer.«

»Das benötigen wir nicht«, sagte Hagena rücksichtsvoll, obwohl er wusste, dass seine Äußerung nicht der Wahrheit entsprach. Zu einem späteren Zeitpunkt müssten sie mit Sicherheit die Daten auswerten, vorausgesetzt die Staatsanwaltschaft würde dazu *grünes Licht* geben.

»Danke, Frau Tönjes.«

Kriminalhauptkommissar Hagena und Hauptkommissarin Anna Kramer verabschiedeten sich.

»Wenn Sie mit meinem Mann sprechen möchten, dann müssen Sie gegen 17 Uhr wieder kommen.«

»Heute nicht. Wir melden uns«, antwortete Hagena.

»Wann wird das sein? Wenn Sie Alena gefunden haben? Sie müssen mich sofort anrufen, wenn es Neuigkeiten gibt.«

»Das machen wir, Frau Tönjes.«

»Sie werden Alena finden! Sagen Sie ihr bitte, sie soll nach Hause kommen. Wir, Papa und Mama, vermissen sie.« Maria Tönjes weinte, als sie die Beamten zur Tür brachte. Der Hund blickte verstört zu seinem Frauchen.

»Auf Wiedersehen, Frau Tönjes!«

»HABEN Sie sich das Foto angeschaut?« Fragend sah Anna ihren Chef an, der neben ihr im Auto Platz genommen hatte. »Die Leiche von heute Morgen, von der Statur und Körpergröße könnte es *Alena Tönjes* sein.«

»Ich hoffe, sie ist es nicht.«

Anna startete den schwarzen Dienstwagen.

»Wie geht es jetzt weiter?«

»Wir müssen die Berichte der Spurensicherung und der Rechtsmedizin abwarten«, sagte Hagena, in der Hand das Foto der Schülerin. Nachdenklich betrachtete er das Bild. Das Mädchen schaute fröhlich, gut gelaunt und vergnügt in die Kamera. »Ein hübsches Mädchen. So eine Tochter habe ich mir immer gewünscht.«

»Haben Sie keine Kinder?«

»Der Job ließ mir keinen Freiraum für die Familienplanung.«

Gerne hätte Anna mehr über Hagenas Privatleben erfahren, aber sie fragte nicht weiter. Zügig fuhr sie zurück nach Aurich.

Kapitel 5

Hagena betrat den Flur, der zur Küche führte, dort begegnete er Tammo. Anna musste den Dienstwagen in die Garage fahren und die notwendigen Formalitäten erledigen.

»Moin, Tammo! Vor wenigen Minuten erhielt ich eine Nachricht von der Staatsanwaltschaft. Doktor Vierkant wird heute Morgen der Besprechung beiwohnen.«

Kaum hatte Hagena seinen Satz vollendet, betrat der Staatsanwalt den Flur.

»Guten Morgen, Herr Doktor Vierkant. Wir sind gerade auf dem Weg zum morgendlichen Meeting.« Hagena öffnete die Tür zu dem improvisierten Besprechungsraum. Er ließ dem Gast den Vortritt. Ein angenehmer Duft von frisch gemahlenem Kaffee kam ihnen entgegen.

»Nehmen Sie Platz, Herr Staatsanwalt.«

»Guten Morgen, alle zusammen.« Doktor Vierkant setzte sich auf einem Stuhl am Kopfende des Tisches.

»Möchten Sie einen Kaffee?« Hagena reichte dem Staatsanwalt einen sauberen Becher.

»Nein, danke! Ich bin gleich wieder verschwunden.«

Anna hatte alle vorliegenden Infos als Stichwörter auf

weißen Kärtchen an eine Magnettafel befestigt. Darüber, rechts oben, für alle gut sichtbar, das Foto des Opfers.

»Haben wir Informationen aus Oldenburg?« Doktor Vierkant wandte sich an Hagena.

»Die Rechtsmedizin teilte uns mit, dass die Untersuchung der Leiche voraussichtlich mehrere Tage dauern wird«, erwiderte Hagena, während er einen Becher mit Kaffee füllte.

»Weshalb dauert das so lange? Gewöhnlich erhalten wir innerhalb von 24 Stunden einen ersten Bericht. Soll ich bei der Rechtsmedizin nachhaken?«, fragte Vierkant empört.

»Der Leichnam, der heute Vormittag die Rechtsmedizin in Oldenburg erreicht hat, war über und über mit einer grünlichen Substanz bedeckt. Vermutlich hat der Täter nach der Tat absichtlich sein Opfer bis zur Unkenntlichkeit damit übergossen. Aufgrund der Beschaffenheit und des Geruchs gehen wir derzeit von einer gewöhnlichen Holzschutzfarbe aus«, erläuterte Hagena.

»Pardon! Das war mir nicht bekannt. Gibt es Hinweise, Spuren oder Zeugenaussagen, die zum Täter führen könnten?«

»Nein, Herr Doktor Vierkant. Den einzigen Anhaltspunkt, den wir derzeit haben, ist eine Vermisstenmeldung. Seit zwei Tagen wird ein 18-jähriges Mädchen aus Greetsiel vermisst. Sie ist von der Schule in Marienhafe nicht nach Hause gekommen. Tammo hat ein Foto des Mädchens zur Rechtsmedizin geschickt. Wir warten auf eine Bestätigung.«

»Aus Greetsiel? Weshalb ging sie nicht in Pewsum oder Norden zur Schule?«

»Da müssen Sie die Vermisste schon selbst fragen«, sagte Anna lapidar.

»DNA? Haben Sie die Eltern darauf angesprochen? Wäre es nicht sinnvoller gewesen, eine Haarprobe nach Oldenburg zu senden statt eines Fotos?« Doktor Vierkant verfolgte mit verschränkten Armen den Ausführungen der Kommissare.

»Zum jetzigen Zeitpunkt wollte ich die Eltern mit einer solchen Aufforderung nicht konfrontieren. Ich empfinde es als taktlos, zu diesem Zeitpunkt eine Leiche ins Spiel zu bringen. Die Eltern des Mädchens hoffen jeden Tag, jede Stunde und jede Minute, dass ihre Tochter gesund vor der Tür steht. Diese Hoffnung will ich Ihnen noch nicht nehmen«, erwiderte Hagena.

»Verständlich. Machen Sie weiter Herr Hagena«, antwortete Doktor Vierkant schroff.

»Ja, wir wollen zunächst ...«

»Herr Hagena, darf ich Sie kurz unterbrechen?« Tammo betrat den Raum. In der Hand ein DIN A4 großes Blatt Papier.

»Was gibt´s, Tammo?«

»Vor wenigen Minuten kam diese Mail aus Oldenburg von der Rechtsmedizin. Mit 99-prozentiger Sicherheit handelt es sich bei der Toten um Alena Tönjes.« Stumm blickten alle zu Tammo, der die Meldung sachlich und ruhig vorgetragen hatte. Für einige Minuten herrschte absolute Stille im Raum. Niemand wollte an diesem Vormittag solch eine Nachricht hören, dennoch mussten alle akzeptieren, was Tammo verkündet hatte.

»Tammo, sprechen Sie mit der Norder Polizei. Man soll umgehend die Familie informieren. Zudem brauchen wir die DNA des Mädchens. Wie Herr Doktor Vierkant sagte, wäre es gut, wenn sofort eine Haarprobe zur Rechtsmedizin gebracht wird. Die Norder Polizei soll einen zuverlässigen Kurier nach Oldenburg schicken«, betonte Hagena.

»Herr Doktor Vierkant, wir benötigen vom Mobilfunkbetreiber die Handydaten des Opfers. Mit etwas Glück können wir mit den Daten ein Bewegungsprofil des Mädchens erstellen.«

»Das wird nicht einfach sein. So schnell, wie es in den Fernsehkrimis vonstattengeht, läuft es in der Praxis nicht.

Stichwort: Datenschutz. Dennoch werde ich mein Bestes geben und etwas Druck ausüben, immerhin habe ich sehr gute Kontakte nach ganz oben«, sagte Doktor Vierkant entschlossen und verließ mit großen Schritten den Raum.

Hagena sprang von seinem Platz auf. »Jede Minute zählt jetzt! Legen wir los!«

»Tammo, Sie kümmern sich bitte um die sozialen Medien. Wir müssen wissen, mit wem das Opfer in den letzten Tagen kommunizierte und welche Themen es gepostet hat und vergessen Sie nicht, die Aufnahmen der Drohne auszuwerten. Anna und ich fahren nach Marienhafe. Wir besuchen die Schule und unterhalten uns mit den Freundinnen, Freunden und den Lehrkräften der toten Schülerin. Ach ja, Tammo, denken Sie an die Baumärkte. Wir müssen unbedingt wissen, wo die Farbe gekauft wurde und von wem.«

Kapitel 6

Hagena vereinbarte einen Termin mit dem Schulleiter Jörg Westermann. »Kommen Sie, wenn die Schüler im Unterricht sind«, hatte der freundliche Studiendirektor am Telefon mitgeteilt.

»DA WERDEN ERINNERUNGEN WACH«, sagte Anna Kramer, als sie neben Hagena einen langen Flur entlang lief. Hinter den zahlreichen Türen hörten sie Gemurmel, Stimmen und auch lautes Lachen. »Viel hat sich nicht verändert, seit ich die Schule verlassen habe. Ich bin froh, dass dieser Lebensabschnitt abgeschlossen ist, obwohl ich manchmal gerne zur Schule gegangen bin.«

Hagena musste schmunzeln. »Es sind zum Glück die guten Erinnerungen, die bleiben. Das Büffeln vor der Abiturprüfung habe ich nahezu ausgeblendet. Gerne erinnere ich mich an die Klassenfahrten. Die letzte Fahrt in die Toskana werde ich nie vergessen. Wir waren eine tolle Gemeinschaft, ein Verdienst unserer Lehrer. Sie hatten es nicht einfach mit uns, haben ihren Job dennoch mit Hingabe und Respekt erledigt. Und ich muss im Nachhinein sagen: Wir haben viel gelernt.« Hagena endete seine Ausführung abrupt, blieb stehen und blickte zu einer grauen Tür. »Hier sind wir richtig.« In einem kleinen Metallrahmen, der an der Wand in Augenhöhe angebracht worden war, prangte das Wort *Schulleiter* in großen Lettern. Hagena klopfte und trat ein. Anna folgte. Jörg Westermann, ein großgewachsener Mann mit Brille, Jeans und weinrotem Poloshirt, begrüßte die Beamten. »Nehme Sie Platz.« Er zeigte auf zwei Besucherstühle, die vor seinem grauen Schreibtisch standen. »Sie wollten mit mir über eine Schülerin sprechen?«

»Alena Tönjes. Die Familie der Schülerin hat sich bei Ihnen gemeldet.«

»Ja. Gestern Abend. Es war nach 20 Uhr. Ihr Vater rief mich an. Er war sehr besorgt. Offenbar war das Mädchen nicht nach Hause gekommen. Abgehauen?«

»Was können Sie uns über Alena Tönjes sagen?«

»Wir haben nahezu 1200 Schüler an unserem Gymnasium. Alle sind mir nicht bekannt. Der Name Alena Tönjes sagt mir dennoch etwas.«

»Inwiefern?«, fragte Anna.

»Sie hat drei Jahre in Folge den Vorlesewettbewerb unserer Schule gewonnen. Das Mädchen hat eine hervorragende Aussprache. Einmal hat sie sogar unsere Schule beim Landeswettbewerb in Hannover vertreten.«

»Wann haben Sie sie zuletzt gesehen?«

»Sie sagten, Sie wären von der Kriminalpolizei. Darf ich zunächst erfahren, in welcher Angelegenheit Sie hier sind, bevor ich Ihnen weitere Auskünfte gebe?«

»Alena Tönjes ist vermutlich einem Verbrechen zum Opfer gefallen. Deshalb sind wir hier.«

Westermann erhob sich und lief zum Fenster. Stumm blickte er nach draußen. Für einen Moment herrschte absolute Stille im Raum.

»Entschuldigung.« Westermann nahm wieder hinter

seinem Schreibtisch Platz, »Diese Nachricht erschüttert mich. Das ist ja schrecklich. Letzte Woche habe ich mit ihr gesprochen. Ein tolles Mädchen. Sie sollte beim nächsten Vorlesewettbewerb die jüngeren Schüler betreuen. Ich kann es nicht fassen. Was ist passiert?«

»Darüber können wir Ihnen keine näheren Auskünfte erteilen.«

»Ich denke, Sie sollten mit dem Klassenlehrer sprechen. Das Mädchen war in der 13c.« Westermann schaute auf seine Uhr am linken Handgelenk. »In vier Minuten beginnt die große Pause. Warten Sie hier. Ich lasse Holger Uhlig holen. Er ist Klassenlehrer der 13c und kann Ihnen mehr über die Schülerin sagen.«

Der Schulleiter fuhr von seinem Platz hoch und eilte zu einer Tür, die zu einem Nebenraum führte. Nur wenige Minuten später kam er zurück mit Schweißperlen auf der Stirn. »Meine Sekretärin informiert Herrn Uhlig. Er wird gleich kommen. Darf ich Ihnen etwas zu trinken anbieten?«

»Nicht nötig«, sagte Hagena. Westermann setzte sich und begann zu reden, als wäre es seine Aufgabe, die Zeit bis zum Erscheinen der Lehrkraft zu überbrücken. Der Schulleiter klagte über zu volle Klassen, vom stetigen Lehrermangel und von anstehenden Umstrukturierungen. Er erzählte vom Sanierungsstau, Unterrichtsausfällen und fehlenden Landesmitteln für die Anschaffung von Lehrmaterial. Es machte den Eindruck, als wollte Westermann sich seinen ganzen Frust von der Seele reden. Endlich klopfte es an der Tür.

»Uhlig, treten Sie ein«, rief Westermann überschwänglich und der Situation nicht angemessen. Holger Uhlig, der forsch das Schulleiterzimmer betrat, begrüßte Anna und Hagena, nahm sich einen Stuhl, der an der hinteren Wand neben einem Regal stand, und platzierte diesen unweit des Schreibtisches.

»Sie sind von der Polizei?«, fragte Uhlig, »Imke hat mir das gerade erzählt. Bin ich zu schnell gefahren?«

»Imke ist meine Sekretärin«, warf Westermann ein.

»Wir sind von der Kriminalpolizei. Mein Name ist Hagena, das ist meine Kollegin Frau Kramer.« Hagena zeigte seinen Dienstausweis.

»Herr Uhlig, sagt Ihnen der Name Alena Tönjes etwas?«, fragte Anna.

»Ja, natürlich! Sie ist eine meiner besten Schülerinnen. Was ist mit ihr? Steckt sie in Schwierigkeiten?«

»Weshalb sollte sie in Schwierigkeiten stecken?«, erwiderte Hagena.

»Alena ist ein kluges Mädchen. Sie könnte locker ihr Abi mit einer Eins vor dem Komma absolvieren. Leider fehlt es ihr an Ehrgeiz. Erst kürzlich sprach ich mit ihren Eltern. Sie machten sich Sorgen aufgrund des Leistungsabfalls im letzten halben Jahr. Statt Bücher nimmt sie lieber ihr Smartphone zur Hand oder widmet sich anderen Freizeitaktivitäten, berichteten die Eltern.«

»Welche Art von Freizeitaktivitäten?«

»Kino, Disko, Shoppen, Partys und Relaxen. Das Übliche, was junge Menschen in dem Alter machen. Weshalb interessiert Sie das?«

»Ihre Schülerin, Alena, ist vermutlich einem Verbrechen zum Opfer gefallen.«

Uhlig, dessen Hände mit einem Schlüsselbund spielten, verkrampften sich. Unüberhörbar fiel der Schlüsselbund auf den laminierten Fußboden.

»Das ist ja schrecklich.« Perplex blickte der Mann zu Hagena. »Oh mein Gott. Was ist ihr passiert? Wie geht es ihr?«

Uhligs freundliches Gesicht zeigte urplötzlich eine deutliche Spur von Besorgnis. Entsetzen spiegelte sich in seinem Blick. »Verbrechen? Sind Sie sicher? Ich habe sie ...« Uhlig stockte. Es fiel ihm schwer weiterzureden.

»Wann haben Sie das Mädchen zuletzt gesehen?«, fragte Anna.

»Montag. Das muss Montag gewesen sein. Montag hat die Klasse einen Grammatiktest geschrieben. Ich unterrichte Englisch, Physik und Deutsch.«

»Ist Ihnen etwas Ungewöhnliches aufgefallen. War etwas anders als sonst?«, wollte Hagena wissen.

»Sie war wie immer und hat normal am Unterricht teilgenommen. Gestern und vorgestern ist sie nicht erschienen.«

»Haben Sie sich erkundigt, weshalb sie nicht am Unterricht teilgenommen hat?«, wollte Anna wissen.

»Eine Entschuldigung lag nicht vor. Ich habe die Klasse gefragt, ob jemand etwas wüsste. Niemand hatte etwas von ihr gehört. Ehrlich gesagt fand ich das nicht ungewöhnlich. Mädchen in ihrem Alter fehlen des öfteren ein oder zwei Tage im Monat.«

»Hat sich Alena anders verhalten als sonst? Hatte sie Angst? Mit wem war sie zusammen und mit wem hat sie gesprochen?«

»Das kann ich Ihnen nicht sagen. Ich unterrichte auch in anderen Klassen. Aufgefallen ist mir nichts. Sie wirkte fröhlich wie immer.«

»Außerhalb der Schule haben Sie Alena nicht mehr gesehen?«

»Die Schüler fahren mit dem Bus oder mit dem Fahrrad. Ich wohne außerhalb und komme mit dem Auto. Nach Schulschluss sind an die hundert Kinder unterwegs, ich habe niemanden explizit wahrgenommen. Busse kommen und verlassen die Parkplätze, Eltern holen ihre Kinder mit dem Auto ab und Schüler queren zu Fuß oder mit dem Rad die Straße. Da darf man als Autofahrer kaum nach links oder rechts sehen. Man muss sich zu hundert Prozent auf die Straße konzentrieren. Wir hatten bereits einige Unfälle vor der Schule.«

»Da muss ich Holger zustimmen. Nach Schulschluss ist draußen vor der Schule die Hölle los. Ein Wirrwarr, dem man sich gerne entzieht. Ich komme gewöhnlich mit dem Fahrrad, da bin ich oft schneller als die Kolleginnen und Kollegen mit dem Auto. Eine einzelne Person in dem Tohuwabohu zu entdecken ist nahezu unmöglich. Die Kinder wissen sich aber zu helfen, sie nutzen ihr Handy um Freunde, Freundinnen oder das Mama-Taxi zu finden.« Westermann schmunzelte über seine eigene Formulierung. Seine fröhliche Art wirkte befremdend. Vermutlich hatte er den Ernst der Situation noch immer nicht begriffen oder wollte ihn nicht akzeptieren.

»Was ist Alena konkret zugestoßen?«, fragte Uhlig.

»Das werden Sie in den nächsten Tagen der Presse entnehmen können. Zum jetzigen Zeitpunkt darf ich Ihnen keine weiteren Auskünfte geben.«

Uhlig sah zur Uhr, die hinter ihm an der Wand hing. »Jörg, geht die Uhr richtig?«

»Natürlich!«, entgegnete der Schulleiter, »Funkuhr. Hundertprozentig präzise.«

»Dann muss ich wieder zu meiner Klasse. Es wird Zeit. Die Pause ist bereits vorbei. Kann ich der Klasse etwas mitteilen?«

»Halten Sie sich bitte noch zurück. Wir wissen derzeit nicht genau, was passiert ist«, antwortete Hagena.

»Kann ich gehen?«

»Ja, Herr Uhlig. Ich habe nur eine Bitte. Könnten Sie uns eine Liste mit den Namen Ihrer Schüler und Schülerinnen zukommen lassen? Frau Kramer teilt Ihnen gleich die Kontaktdaten der Kripo Aurich mit. Gerne wüssten wir von Ihnen, wer Alena besonders nahe stand. Freundin oder Freund. Sie können uns auch mehrere Namen nennen.«

»Meine letzte Unterrichtsstunde endet heute um 13 Uhr 15. Danach kümmere ich mich um Ihr Anliegen. Tschüss.«

»Danke, Herr Uhlig«, sagte Hagena. Anna folgte Uhlig

auf den Flur und gab dem Lehrer die notwendigen Kontaktdaten.

»Sie haben doch eine Übersichtstafel, auf der die Unterrichtsstunden vermerkt sind?«, fragte Hagena.

»Ja, sie hängt im Lehrerzimmer. Dort kann jede Lehrkraft sehen, wer wann und wo Unterricht hat.«

»Ich würde mir gerne den Montag ansehen.«

»Okay. Folgen Sie mir bitte.«

DAS INFOBOARD WIRKTE VERWIRREND auf Anna und Hagena. Sie lasen Namen, Zahlen, Daten, sahen farbige Punkte, Flächen, Markierungen und Linien.

»Es ist schon eine Kunst, eine solche Planung, wie wir sie jedes Schuljahr machen müssen, durchzuführen. Änderungen gibt es fast täglich. Lehrkräfte sind auf Fortbildung, verhindert oder krank. Manchmal verbringen wir ganze Tage vor dieser Tafel. Wir sollten schon längst ein digitales Infoboard erhalten, aber derzeit scheitert es wieder einmal am Ministerium. Warum und weshalb kann uns niemand so genau sagen. Vielleicht kommt es noch vor meiner Pensionierung. Acht Jahre muss ich hier noch die Stellung halten. Und Sie können mir glauben, heutzutage ist das kein Zuckerschlecken.«

Hagena hatte den Montag auf der Infotafel gefunden. »Was bedeuten diese Abkürzungen, Herr Westermann?«

»Sie meinen den Montag? Bevor wir hier ins Detail gehen, kann ich Ihnen Folgendes sagen: Die ersten Stunden hatte die Klasse Mathematik bei Herrn Fischer, danach eine Einzelstunde und eine Doppelstunde bei Herrn Uhlig. Deutsch und Englisch. Genau! Und Frau Ganter machte den Sportunterricht bei den Mädchen. Zwei Unterrichtsstunden. Wobei in der letzten Stunde die Mädchen Handball trainierten. Alena Tönjes war in diesem Kurs.«

»Danke, Herr Westermann, das ist zunächst alles. Wir

kommen sicherlich in den nächsten Tagen noch einmal auf Sie zu.«

»Denken Sie daran, dass die Ferien vor der Tür stehen«, erwiderte Westermann, »auch die Lehrkräfte verabschieden sich irgendwann in die wohlverdiente unterrichtsfreie Zeit.«

»Wir werden es uns merken. Danke, Herr Westermann.«

»WAS IST IHR EINDRUCK, Chef?«, fragte Anna, als beide wieder im Auto saßen.

»Noch möchte ich mir kein Urteil bilden. Wir wissen noch zu wenig. Wir müssen mit den Mitschülern und anderen Lehrkräften reden, bevor wir die Presse einschalten. Wann bekommen Sie die Liste mit den Namen?«

»Gleich nach Schulschluss.«

»Fahren wir zurück nach Aurich. Vielleicht gibt es dort Neuigkeiten.«

Kapitel 7

Zurück in Aurich lief Hagena als Erstes zum Büro von Tammo Feldmann. »Hallo, Tammo, gibt es Neuigkeiten?«

»Sie kommen genau im richtigen Moment, Chef. Ein Fax aus Oldenburg mit dem Ergebnis der Haaranalyse liegt vor. Die Haarprobe, die uns die Eltern der Vermissten überlassen haben ... Wie soll ich es sagen? Alena Tönjes ist mit 100-prozentiger Sicherheit die Tote, die gestern in der Nähe von Osteel gefunden wurde. Wir haben es jetzt schwarz auf weiß. Die Norder Polizei wurde informiert.«

»Danke, Tammo. Jetzt können wir an die Öffentlichkeit gehen. Wir müssen die Presse umfangreich informieren. Nur so bekommen wir Hinweise aus der Bevölkerung. Ich spreche mit Doktor Vierkant.«

Hagenas Gespräch mit dem Staatsanwalt dauerte nur wenige Minuten. Die Staatsanwaltschaft organisierte die Pressekonferenz. Veranstaltungen wie diese waren für Hagena ein notwendiges Übel, während Doktor Vierkant, das wusste Hagena, solche Termine liebte.

Kaum eine Stunde war seit dem Gespräch mit Doktor Vierkant vergangen. Hagena saß an seinem Schreibtisch und las den Bericht der Rechtsmedizin, als sein Telefon klingelte. »Doktor Vierkant«, meldete sich eine kräftige Stimme. »Was denken Sie, Herr Hagena, wäre ein schwarzer Anzug angebracht oder sollte ich ein saloppes Business-Sakko vorziehen? Immerhin haben wir ein Todesopfer zu beklagen. Jedenfalls sollte ich eine schlichte dunkle Krawatte tragen. Meinen Sie nicht auch? Im Fernsehen kommen auffällige Muster nicht gut zur Geltung. Im Übrigen, das Reden überlasse ich während der Pressekonferenz in erster Linie Ihnen. Sie sind mehr in diesen Fall involviert als ich.« Doktor Vierkant machte eine Pause. »Das war schon alles, Hagena. Ich muss jetzt dringend telefonieren. Alarny Kakir, kennen Sie vielleicht. Burgstraße. Mein Friseur. Hoffentlich hat er noch Zeit für mich. Es ist heutzutage fast wie bei den Fachärzten, wenn man sie braucht, bekommt man keinen Termin. Überall gibt es lange Wartezeiten. Neulich habe ich beim Hausarzt fast zehn Minuten im Wartezimmer verbracht, obwohl ich einen Termin hatte. Sie können sich kein Bild machen, was dort für Leute saßen, ganz zu schweigen von den Bazillen und Viren, die man sich an so einem Ort einfangen kann.« Doktor Vierkant beendete abrupt das Gespräch.

Kopfschüttelnd nahm Hagena einen Zettel zur Hand und begann sich Notizen zu machen. Ganz unvorbereitet wollte er nicht vor die Presse treten.

ER WUSSTE, dass die Polizei ihm auf den Fersen war, dennoch machte er sich auf den Weg. Eine 18-Jährige hatte er in den letzten Tagen öfters beobachtet, wie sie mit dem Fahrrad von der Schule nach Hause fuhr.

Es war 13 Uhr 30, als er sein Auto am Straßenrand parkte. Zwischen den anderen parkenden Autos fiel er nicht auf. Den Blick hatte er auf den Rückspiegel des Wagens gerichtet. Er sah, wie Schüler nach und nach mit dem Fahrrad den

Schulhof verließen. Endlich, nach fast 15 Minuten Warten, kam sie.

Ihr langes Haar, das sie zum Pferdeschwanz zusammen gebunden hatte, wippte während der Fahrt auf und nieder. Sein Blut brodelte, Schweißperlen rannen von seiner Stirn, als er sie im Rückspiegel betrachtete. Ihre schlanken wohlgeformten Beine kamen in den hautengen Leggins perfekt zur Geltung. Der Anblick war mehr, als er vertragen konnte. Sie fuhr zügig an seinem Wagen vorbei. Er ließ ihr einen ausreichenden Vorsprung, dann startete er den Wagen und folgte ihr mit mäßiger Geschwindigkeit. Gefesselt von der Anmut und der Schönheit hingen seine Blicke an dem fahrradfahrenden Mädchen. Er wusste, in wenigen Minuten würde sie die Hauptstraße verlassen und einer Nebenstraße folgen. Einer Nebenstraße mit spärlicher Besiedlung.

Noch zirka 100 Meter, dann war es so weit. Er kannte diese Nebenstraße. Er hatte sie in den letzten Tagen mehrfach befahren. Sie war ideal für sein Vorhaben. Zunächst kamen ein halbes Dutzend Häuser und danach fünf Kilometer nichts. Nur vereinzelnde Bäume, grasende Kühe und viel Weite. Sollte er sie überholen, sie anhalten, sie ansprechen oder sollte er sie einfach mit dem Auto von hinten kurz touchieren, so dass sie zu Fall kommen würde? Während er nachdachte, stoppte das Mädchen plötzlich ihre Fahrt, sah nach links und rechts, ließ alle Fahrzeuge vorbeifahren und überquerte hastig die Hauptstraße. Er sah, im Innenspiegel, wie sie in einer Auffahrt verschwand, die zu einem Mehrfamilienhaus führte.

»Scheiße!«, rief er laut, trommelte mit den Fäusten gegen das Lenkrad, wendete den Wagen nach zwei Kilometern und fuhr zornig nach Hause.

Kapitel 8

»Darf ich kurz stören?« Hagenas Blick war zum Fenster gerichtet, als Anna das Büro ihres Chefs betrat. »Was haben Sie auf dem Herzen, Frau Kramcr?« Er drchtc sich auf seinem Stuhl. Anna Kramer sah ihn mit versteinertem Gesicht an. »Ich habe mit den Kollegen in Norden telefoniert. Den Eltern wurde die schreckliche Botschaft mitgeteilt. Die Mutter ist zusammengebrochen. Sie ist auf dem Weg ins Auricher Klinikum. Derzeit ist sie nicht ansprechbar.«

»Das habe ich befürchtet. Die Befragung der Eltern muss zu einem späteren Zeitpunkt erfolgen.«

»Was ist mit den Zeitungen? Wir könnten jetzt eine Presse-Info herausgeben. Soll ich eine kurze Mitteilung verfassen und an die hiesigen Zeitungen schicken?«

»Nicht nötig, Frau Kramer. Staatsanwalt Doktor Vierkant und ich werden morgen vor die Presse treten und die Öffentlichkeit umfangreich informieren. Voraussichtlich kommen zu dieser Veranstaltung Journalisten aus ganz Ostfriesland, dem Emsland und dem Oldenburger Land sowie diverse Fernsehteams aus ganz Deutschland und den Niederlanden. Erfahrungsgemäß besteht ein großes Interesse seitens der

Medien, wenn es sich um ein Gewaltverbrechen handelt. Sie können mich begleiten.«

»Haben Sie das bereits öfter gemacht?«

»Oft nicht. Aber es kam in der Vergangenheit mehrfach vor, dass wir mit der Presse zusammengearbeitet haben.«

»Und? Hat es etwas gebracht?«

»In der Regel bekommen wir in den Tagen nach solch einer Veranstaltung eine Flut von Hinweisen. Je nach Fall bis zu mehreren hundert. Nicht alle Hinweise sind brauchbar. Die Falschen müssen herausgefiltert werden. Stellen Sie sich somit auf lange arbeitsreiche Tage ein.«

»Das verstehe ich. Ich hoffe, wir haben Erfolg und finden den Täter schnell, bevor er sich ein neues Opfer sucht.«

»Wie ich bereits sagte, möchte ich noch vor der Pressekonferenz mit einigen Schülern sprechen. Haben Sie die Liste erhalten?«

»Der Klassenlehrer hat sie mir per SMS zugesandt. Die Namen von drei Mädchen und zwei Jungen hat Herr Uhlig markiert. Mit diesen fünf jungen Leuten sollten wir zuerst sprechen. Sie sind heute Nachmittag alle zuhause, das haben mir die Eltern zugesagt.«

»Was sagt die Sportlehrerin? Haben Sie mit ihr gesprochen?«

»Ja, das habe ich. Sie sagte, alles wäre wie immer gewesen. Nach dem Sport hätten die Schülerinnen sich umgezogen und wären zu den Bussen geeilt. Sie hätte anschließend die Umkleideräume kontrolliert. Dort traf sie auf Alena, die vor dem Spiegel stand und sich schminkte. Nachdem Alena gegangen war, verschloss sie die Räume und verließ das Schulgebäude. Auf dem Weg zu ihrem Auto sah sie, wie Alena alleine zur Bushaltestelle lief. An mehr konnte sie sich nicht erinnern. Sie sagte, an dem Tag wäre sie, aufgrund eines Arzttermins, in Eile gewesen. Vermutlich war die Sportlehrerin die Letzte, die Alena lebend gesehen hat.«

»Gute Arbeit, Frau Kramer. Besorgen Sie uns einen Dienstwagen. Wir fahren nach Marienhafe und befragen die jungen Leute.«

Kapitel 9

Charlotte saß im Wohnzimmer, in ihren Händen die Fernbedienung. Gelangweilt zappte sie durch das Angebot eines Streamingdienstes und aß dabei Chips, die noch vom Vorabend auf dem Wohnzimmertisch standen. Sie hörte das Klingeln, ignorierte aber das nervige Geräusch. Ihre Mutter ließ den Putzlappen fallen, den Eimer oben im Flur stehen und eilte die Treppe hinunter. Völlig außer Atem öffnete sie die Tür.

»Kriminalpolizei. Mein Name ist Hagena und das ist Frau Kramer.«

»Moin, kommen Sie herein. Sie möchten meine Tochter sprechen? Sie ist im Wohnzimmer«. Gisela Blohm geleitete die beiden Beamten in die gute Stube. »Kann ich Ihnen etwas anbieten? Tee, Kaffee oder ein Wasser?«

»Nein, danke. Wir bleiben nur kurz.«

»Charlotte, die Kriminalpolizei ist da. Würdest du bitte den Fernseher ausschalten?«

»Gleich.«

»Jetzt, Charlotte. Sofort!«, sagte die Mutter mit Nachdruck.

»Hallo, Charlotte. Wir sind von der Kriminalpolizei. Dein

Klassenlehrer Herr Uhlig sagte, dass du die beste Freundin von Alena Tönjes bist. Ist das richtig?«

»Hmm.«, brummte die 18-Jährige, ohne den Blick vom Fernseher zu wenden.

»Charlotte, mach das Ding aus!«, schrie die Mutter urplötzlich.

»Ist ja gut. Reg` dich ab. Ich werde den Bullen schon alles erzählen, was die wissen wollen.« Charlotte streckte sich, als käme sie aus dem Bett. »Ja, wir waren gut befreundet und oft zusammen. War´s das?«

»Kannst du uns etwas über deine Freundin erzählen? Wann hast du sie zum letzten Mal gesehen?«

»Warum wollen Sie das wissen? Ist sie tot?«

»Wir gehen davon aus, dass Alena einem Verbrechen zum Opfer gefallen ist. Hast du sie Montag Nachmittag nach Schulschluss noch gesehen?«

»Krass. Ist sie wirklich hinüber? Entschuldigung, ich meine, ist Alena wirklich tot?«

»Wie gesagt, wir gehen von einem Tötungsdelikt aus«, wiederholte Hagena in seinem sachlichen Tonfall. »Hast du sie nach dem Sport noch gesehen?«, wiederholte er die Frage.

»Alena wollte sich nach dem Sport noch schminken. Bei ihr dauert es immer eine Ewigkeit, bis sie fertig ist. Ich bin dann mit den anderen losgelaufen.«

Anna machte sich Notizen. »Hast du nicht auf sie gewartet?«, fragte sie.

»Sie sagte, ich solle schon vorausgehen und ihr einen guten Platz im Bus freihalten. Nach der letzten Stunde sind die Busse immer total überfüllt, da kann man froh sein, wenn man einen Sitzplatz ergattert.«

»Ist sie im Bus mitgefahren?«

»Keine Ahnung. Der Bus war dermaßen voll. Ich habe sie nicht gesehen. Den Platz konnte ich ohnehin nicht freihalten. Irgendwann kamen Jungs, die sich, ohne zu fragen, neben mich gesetzt haben. Ich dachte nur, sie ist bestimmt vorne im Bus und hat mit Sicherheit einen besseren Platz als ich. Später, nachdem der Bus sich leerte, stellte ich fest, dass sie doch nicht mitgefahren war.«

»Hast du dir keine Sorgen gemacht?«

»Nee. Warum? Sie ist doch kein Kleinkind. Es fahren noch andere Busse.«

»War Alena an diesem Tag anders als sonst?«, wollte Hagena wissen.

»Sie war gut drauf. Immerhin hatte sie ein dickes Lob von Uhlig bekommen.«

»Weshalb lobte der Klassenlehrer sie?« Verwundert hob Anna den Kopf.

»Wir hatten einen Test geschrieben. Als einzige hatte sie die volle Punktzahl erreicht.«

»Von dem Test hast du mir nichts erzählt.« Charlottes Mutter sah erbost ihre Tochter an. »Hast du auch die volle Punktzahl erreicht, wie deine Freundin?«

»Mama! Nein! Ich sagte doch, dass Alena die Einzige mit der vollen Punktzahl war.«

»Und du? Hast du wieder nicht geübt?«

»Frau Blohm, ich denke, es ist gerade nicht der richtige Zeitpunkt, um mit ihrer Tochter über Punktzahlen und Lernverhalten zu diskutieren«, betonte Hagena.

»Eine Frage noch, Charlotte«, Anna setzte sich neben dem Mädchen auf das Sofa. »Welche Kontakte pflegte deine Freundin außerhalb der Schule?«

»Was meinen Sie damit?«

»Hatte Alena engere Beziehungen zu Jungs, Männern oder anderen Mädchen?«

»Wir waren einige Male mit Leon und dessen Freund Ben im Kino. In Aurich.«

»Ist da etwas gelaufen zwischen euch und den Jungs?«

»Was soll da gelaufen sein? Leon und Alena saßen nebeneinander. Sie haben ständig getuschelt, sich gegenseitig begrabscht und auch geknutscht. Vom Film haben die beiden nicht viel gesehen.«

»Charlotte! Warum hast du mir davon nichts erzählt?« Entsetzt blickte die Mutter zu dem jungen Mädchen. »Ihr seid erst 18 Jahre. Kind, was treibt ihr in eurer Freizeit?«

»Frau Blohm, wir ermitteln in einem Gewaltverbrechen. Fragen zur Erziehung und Freizeitgestaltung ihrer Tochter klären Sie bitte später«, sagte Hagena energisch.

»War das alles? Was war nach der Kinovorstellung?« Anna blickte fragend zu der Schülerin.

»Mehr war da nicht.«

»Nachdem ihr das Kino verlassen habt, wo seid ihr da hingegangen?«

»Wir haben Burger gegessen. Alena und Leon haben sich gestritten. Urplötzlich war Ende mit der Harmonie.«

»Weshalb? Was ist vorgefallen?«

Charlotte richtete sich auf. Ihre Hände spielten mit der Fernbedienung. Kurz warf sie einen Blick zu ihrer Mutter, ignorierte aber deren erbosten Blicke. Gelassen fuhr sie fort. »Alena wollte einen Milchshake. Leon sollte den Shake holen und bezahlen. Das wollte er nicht.«

»Wie hat Alena reagiert?«

»Sie fühlte sich provoziert. Alena reagierte stinksauer. Ohne Vorwarnung hat sie Leon eine gescheuert. Voll cool.« Ein breites Grinsen lag auf dem Gesicht der 18-Jährigen. »Dieses Arschgesicht ist total ausgerastet.«

»Charlotte! Wie redest du über deine Mitschüler.« Fassungslos starrte Frau Blohm zu ihrer Tochter.

»Wie ging es weiter?«, fragte Anna.

»Ohne die Jungs sind wir dann mit dem nächsten Bus zurück nach Hause gefahren.«

»Wollte sie vielleicht an diesem ...«

Hagena unterbracht seine Kollegin. »Du kanntest Alena

doch gut. Sie war deine beste Freundin. Schwärmte Alena von anderen Jungs oder auch von Männern? Hatte sie Kontakt zu älteren Männern?«

»Nicht dass ich wüsste.«

»Wie war sie sonst?«

»Ihre Eltern waren streng. Alena kam oft in total altmodischen Klamotten zur Schule. Vor dem Unterricht ist sie auf das Mädchenklo gegangen und hat sich andere Sachen angezogen.«

»Was hat sie angezogen?«, wollte Anna wissen.

»Klamotten, die wir zuvor in Aurich gekauft haben. Total scharfe Sachen.«

»Wie haben Andere auf ihr neues Outfit reagiert?«

»Leon war total von der Rolle. Einmal ist er ihr aufs Klo gefolgt.«

»Auf die Mädchentoilette?«, rief Charlottes Mutter entsetzt. »Hat er sie ...?«

»Ich weiß es nicht, Mama. Es ist mir auch scheißegal.«

»Hat Alena sich jeden Tag vor Unterrichtsbeginn umgezogen?«

»Oft.«

»Was ist in der Mädchentoilette passiert?«, fragte Hagena.

»Keine Ahnung. Fragen Sie Leon.«

»Okay. Danke, Charlotte.«

Gisela Blohm brachte die Gäste zur Tür. »Entschuldigung. Ich weiß nicht, was mit dem Kind los ist. Ständig hockt sie nur vor dem Fernseher. Was soll ich nur machen, Herr Hauptkommissar?«

»Reden Sie mit Ihrer Tochter.«

Verwundert blickte Frau Blohm zu Hagena. Ohne ein weiteres Wort zu sagen, ging sie zurück ins Haus.

. . .

»WIR FAHREN ZU LEON. Ich bin gespannt, was der Junge uns zu erzählen hat.« Hagena stieg in den Wagen. Anna gab Leons Adresse ins Navi ein und fuhr danach zügig los. »Eifersucht oder eine nicht erwiderte Liebe könnten durchaus Mordmotive sein.«

»Das denke ich auch, Frau Kramer. Wir hatten in der Vergangenheit bereits ähnliche Fälle. Seien wir also auf alles gefasst.«

Kapitel 10

Leons Mutter wollte der Befragung beiwohnen. Das Gespräch fand im Wohnzimmer statt. Man sah es dem kräftigen, großgewachsenen jungen Mann an, wie unangenehm ihm diese Situation war.

»Du bist 17 Jahre?«, fragte Anna. »Nicht mehr lange«, antwortete dieser mit kräftiger Stimme, »in zwei Monaten werde ich 18 und dann kann ich endlich machen, was ich will.«

»Erzähle uns von Alena. Wie gut kennst du sie?« Anna fragte mit sanfter Stimme.

»Weshalb wollen Sie das wissen? Was ist mit Alena?«

»Alena Tönjes ist vermutlich einem Verbrechen zum Opfer gefallen. Deshalb müssen wir dir ein paar Fragen stellen«, sagte Hagena.

»Einem Verbrechen?« Sichtlich überrascht sah der junge Mann sein Gegenüber an. »Ist sie verletzt? Wie geht es ihr?«

»Wann hast du sie zum letzten Mal gesehen?«

»Montag. Montag, in der Schule. Ich habe nur kurz mit ihr geredet.«

»Wie war deine Beziehung zu Alena?«, wollte Hagena wissen.

Leon holte sein Smartphone aus der Hosentasche. »Kann ich Alena kurz eine Nachricht schreiben?«

»Stopp! Weg mit dem Handy. Beantworte meine Frage«, sagte Hagena energisch.

»Okay. Okay. Wir waren wiederholt im Kino. Dort sind wir uns näher gekommen.«

»Dennoch hat sie dich vor Kurzem geohrfeigt.«

»Das war ... Scheiße! Das geht keinen was an.«

»Angeblich hast du sie beschimpft.«

»Quatsch. Wer sagt das? Okay. Sie hat mich provoziert.«

»Tags danach bist du ihr auf die Mädchentoilette gefolgt.«

»Wer hat Ihnen das erzählt?«

»Unwichtig«, sagte Anna.

»Ja. Ich war mit ihr auf dem Mädchenklo. Und? Weshalb nicht? Ich wollte für einen Moment mit ihr alleine sein. Hat jemand etwas dagegen?«

»Wart ihr intim?«

»Intim? Meinen Sie etwa, wir hatten ...?«

»Hattet ihr Sex?« Anna wurde deutlicher. »Bist du ihr an die Wäsche gegangen?«

»Leon! Du bist noch minderjährig.« Erbost sah Helga Sandmann ihren Sohn an.

»Was soll das, Mama? Ich habe sie nur angefasst und geküsst. Mehr nicht. Ist das verboten?«

»Und danach? Habt ihr euch in den Pausen gesehen?«, fragte Anna.

Leon sah aus dem Fenster.

»Leon, sag was!«

»Können wir diese blöde Fragerei beenden?«

»Beantworte alles, Leon«, rief die Mutter energisch.

»Okay. Wir haben uns über Facebook ausgetauscht«, sagte Leon genervt. »Samstag wollten wir ins Kino.«

»Hatte Alena in deiner Gegenwart von anderen Jungs oder Männern geschwärmt? Hat sie Namen erwähnt?«

»Nein, warum sollte sie andere Typen erwähnen?«

»Leon, du musst der Polizei alles sagen.«

»Ja, Mama.« Leon hob den Kopf. »Kann ich in mein Zimmer gehen?«

»Hast du Alena nach Schulschluss noch gesehen?«

»Nein. Ich bin mit Charlotte, Ben und einigen anderen zum Bus gelaufen. Alena käme später, sie müsse sich noch aufdonnern, sagte mir Charlotte.«

»Hast du Alena nach der Schule gesehen? Ja oder nein?«

»Nein. Der Bus war rappelvoll. Ich habe sie nicht gesehen. Vermutlich ist sie mit dem nächsten Bus gefahren.«

Hagena gab sich zunächst mit Leons Aussage zufrieden.

»Danke, Leon. Das war´s fürs erste«, sagte Anna.

»Gibt es Zeugengeld oder so etwas?« Fragend blickte Leon zu der Kommissarin.

»WAS IST MIT DIESEM BEN?«, fragte Hagena, als beide wieder im Auto saßen. »Haben Sie mit seinen Eltern gesprochen? Ist er zuhause?«

»Ben lebt bei seiner Tante. Bens Eltern haben sich gleich nach der Geburt des Kindes getrennt. Der Junge wurde von seiner Tante und seinem Onkel groß gezogen.«

»Und? Haben Sie die Anschrift, Frau Kramer?«

»Ben ist nicht zuhause. Er ist verschwunden.«

»Das sagen Sie mir erst jetzt?« Unverständnis lag in Hagenas Gesichtsausdruck. »Seit wann ist der Junge verschwunden?«

»Seit Montagabend.«

»Was ist mit Ihnen los, Frau Kramer? Sie setzen die Prioritäten falsch. Wir hätten uns zunächst um diesen verschwundenen Jungen kümmern müssen. Seit wann ist Ihnen diese Tatsache bekannt?«

»Ich dachte, die Befragung des besten Freundes und der engsten Freundin hätte Vorrang.«

»Fahren wir zu diesem Ben. Möglicherweise hat er etwas mit dem Tod des Mädchens zu tun.«

»Wir müssen nach Wirdum«, sagte Anna.

»Gut, fahren wir nach Wirdum. Wir müssen dringend mit dem Jungen sprechen.«

»Glauben Sie, dass er ...?«

»Ich glaube gar nichts, Frau Kramer. Alleine wird er das Mädchen nicht getötet und entsorgt haben. Mit seinem Freund Leon zusammen könnte er die Tat begangen haben. Fragen wir ihn.«

DIE PFLEGEELTERN DES JUNGEN, Rolf und Friederike Eeten, fanden sie im Garten des Hauses. Rolf Eeten mähte den Rasen, während seine Frau Friederike abseits ein Gemüsebeet harkte. Sie kam sogleich angelaufen, als sie die Besucher bemerkte. Rolf Eeten stoppte seine Arbeit und beendete umgehend den ohrenbetäubenden Lärm des Benzinmähers. Hagena zeigte seinen Ausweis.

»Ben, der drückt sich wieder vor der Arbeit«, antwortete der Pflegevater mürrisch, als Hagena sich nach dem Jungen erkundigte. »Der Bengel sollte Rasen mähen und den Schuppen aufräumen. Stattdessen ist er nur unterwegs.«

»Wo ist Ben jetzt?«, fragte Anna.

»Keine Ahnung. Warum wollen Sie das wissen? Hat er wieder Dummheiten angestellt?«

»Kommt es oft vor, dass Ben auffällig wird?«

»Manchmal klaut er«, sagte Friederike Eeten leise. »Die Polizei war einige Male hier. Er wurde mehrfach im Supermarkt erwischt.«

»Friederike, das muss nicht jeder wissen.«

»Wir sind nicht jeder, Herr Eeten. Wir sind die Kriminalpolizei.«

»Was hat er dieses Mal ausgefressen?«. Mürrisch blickte Rolf Eeten zu Hagena.

»Wo ist Ben?«

»Keine Ahnung. Er ist seit Montag weg. Meistens treibt er sich mit seinen Freunden in Aurich oder Emden herum. Bei diesen Freunden nächtigt er auch. Vermutlich hat er wieder einen Mathetest versaut. Dabei ist Mathe so einfach. Der Junge braucht mal Wind von vorne.« Rolf Eeten hatte sich in Rage geredet. »Wenn er nach Hause kommt, kann er was erleben.«

»Mein Mann meint das nicht so. Er ist nur so aufgebracht, weil Ben, ohne ein Wort zu sagen, verschwunden ist. Wir machen uns Sorgen.«

»Wir möchten Ben ein paar Fragen stellen«, sagte Anna freundlich.

»Fragen? Was für Fragen?« Grimmig starrte Eeten Anna an.

»Eine Mitschülerin ist wahrscheinlich einem Verbrechen zum Opfer gefallen, deshalb die Fragen.«

»Was für ein Verbrechen?«

»Näheres erfahren Sie in den nächsten Tagen aus der Zeitung.«

»Was soll ich aus der Zeitung erfahren?«

»Ben soll sich umgehend bei der Polizei oder der Kripo in Aurich melden. Wir benötigen seine Aussage.«

»Wenn ich ihn sehe, werde ich ihm das ausrichten.« Rolf Eeten startete den Rasenmäher erneut und mähte weiter.

HAGENA UND ANNA KRAMER fuhren zügig zurück nach Aurich.

. . .

AUF DEM FLUR zu den Büros klingelte Hagenas Handy. »Kriminalhauptkommissar Hagena«, meldete er sich.

»Doktor Vierkant hier! Gut, dass ich Sie erreiche, Herr Hagena. Kommen Sie bitte heute Vormittag in mein Büro. Ich muss mit Ihnen etwas Relevantes besprechen.«

»Ich bin in 30 Minuten bei Ihnen.«

»Gut, ich erwarte Sie.«

Statt den Weg zu seinem eigenen Büro einzuschlagen, lief Hagena zunächst zum Arbeitsplatz seines Mitarbeiters.

»Hallo, Tammo. Gibt es Neuigkeiten?«

»Wenig. Ich habe die sozialen Netze durchforstet. Ich fand nichts, was uns weiterbringen könnte.«

»In 30 Minuten habe ich eine Unterredung mit Doktor Vierkant, danach könnten wir uns zu einer Besprechung zusammen setzen. Informieren Sie bitte Frau Kramer.«

DOKTOR VIERKANT LEHNTE sich in seinem Chefsessel dermaßen zurück, dass dieser wie eine alte Pferdekutsche knarrte. »Setzten Sie sich, Herr Hagena. Machen wir es kurz. Die Tötung des Mädchens wird Wellen schlagen, sobald die Presse davon erfährt. Damit keine falschen Informationen gestreut werden, sollten Sie morgen die Öffentlichkeit umfangreich informieren. Gerne hätte ich den Part übernommen, aber Sie sind in dem Fall mehr involviert als ich. Die örtliche Presse ist bereits eingeladen und auch einige regionale Rundfunk- und Fernsehsender haben ihr Kommen angekündigt. Ich werde kurz die Anwesenden begrüßen, danach übergebe ich das Wort an Sie. Bereiten Sie sich vor, Hagena. Das wird kein Zuckerschlecken. Die Presse wird unbarmherzig sein und viele Fragen stellen.«

»Ich möchte die Gelegenheit nutzen und einen Zeugenaufruf starten.«

»Das wäre ganz in meinem Sinne, Herr Hagena. Wir

müssen ja nicht sagen, dass wir noch mit leeren Händen dastehen. Ein paar Hinweise aus der Bevölkerung wären durchaus hilfreich.« Doktor Vierkant lachte süffisant. »Das wäre alles, Herr Hagena. Wir sehen uns morgen um 11 Uhr im *'Haus Dieker'* in Marienhafe. Ziehen Sie sich etwas Ordentliches an, immerhin kommt das Fernsehen.« Hagena verzog keine Miene, erhob sich von seinem Platz und verließ den Raum.

DIE BESPRECHUNG WURDE ABGESAGT. Es gab keine neuen Erkenntnisse. Hagena verließ gegen 14 Uhr 30 das Büro und fuhr nach Hause. Er brauchte Abstand, die er, so hoffte er, im Garten seines Hauses in Jever finden würde. Er liebte die Gartenarbeit.

Am Abend meldete sich Sophia, Hagenas Freundin. Sie kannten sich, seit sie zusammen in Aurich das Abitur gemacht hatten. Sophia studierte Architektur und Hagena ging zur Kripo. Beide waren beruflich stark eingespannt, so dass sie sich nur selten sahen. Fast zwei Stunden telefonierte er mit der Architektin.

Kapitel 11

Sie hatten zusammen für die Schule geübt. Ein Latein-Vokabeltest stand in den nächsten Tagen an. Nach drei Stunden rauchten ihnen ihre Köpfe. Zum Entspannen setzten sie sich vor den Fernseher. Sie schauten Filme, aßen Abendbrot, redeten viel und vergaßen die Zeit. Merle informierte ihre Eltern. Das machte sie immer, wenn es später wurde.

Es war bereits weit nach 22 Uhr, Merle war müde. Gähnend stand sie in der offenen Tür. Mit einer innigen Umarmung verabschiedete sie sich von ihrer Freundin. Draußen wehte ein kräftiger Wind.

»Merle, soll dich mein Vater nach Hause begleiten?«

»Quatsch! Nein, bis zu mir ist es nur ein Katzensprung. Die paar Meter schaffe ich zu Fuß in weniger als 15 Minuten. Außerdem ist heute Vollmond. Da ist es taghell. Ich werde den Weg nach Hause schon finden.« Merle lachte, nahm ihren Rucksack und lief die Straße hinunter.

»Lass das Handy an, während du nach Hause läufst«, rief ihre Freundin ihr nach. »Ich kann sofort zu dir eilen, wenn dir jemand in die Quere kommt. Außerdem können wir noch ein wenig quatschen.«

»Ja, mache ich«, rief sie zurück, winkte kurz und verschwand hinter der nächsten Biegung.

MERLE HATTE EINE GESTALT WAHRGENOMMEN, als sie aus dem Haus ihrer Freundin kam und die Straße betrat, sagte aber nichts. Angst hatte sie keine, dennoch war ihr etwas mulmig zumute. *Vielleicht ist es nur ein Spaziergänger, ein Jogger, der eine Pause einlegt oder jemand, der seinen Hund ausführt.* Merle redete sich Mut zu. *Könnte es auch der ...,* sie wollte den Gedanken nicht zu Ende spinnen. Eilig lief sie weiter. Sie wollte weg von hier. Rasch nach Hause. Merle rannte los. So schnell sie konnte. Der Rucksack wippte auf ihrem Rücken hin und her.

»Weshalb pustest du so?«, hörte sie ihre Freundin am Smartphone nach einigen Minuten fragen.

»Ich glaube, hier ist jemand. Ein Typ. Ich habe das Gefühl, er verfolgt mich. Sicher bin ich mir aber nicht.«

»Lauf schnell weiter. Ich sage meinem Vater Bescheid. Er wird gleich da sein.«

Plötzlich wurde es stockdunkel. 22 Uhr 30. Merle erschrak. Während der Woche wurde die Straßenbeleuchtung in Südbrookmerland um diese Zeit ausgeschaltet. Eine von vielen Maßnahmen aus dem Energieeinsparkonzept der Kommune.

Sie sah kaum noch etwas. Wo war der Vollmond? Der Blick nach oben erklärte alles. Dunkle Wolken zogen über den Himmel. An diesem Abend bekam der Mond keine Chance. Finsternis lag über Ostfriesland. Und gerade jetzt hatte sie keine Taschenlampe dabei. Sie guckte auf ihr Smartphone. Der Akku war nahezu leer. Hätte sie nur das Angebot von Klaras Papa angenommen. Wie konnte sie nur so dumm sein. Sie blickte um sich, in der Hoffnung ein Licht oder ein Fahrzeug zu entdecken. Nichts. Die nächsten Häuser waren noch fast einen Kilometer entfernt. Kaum ein Geräusch drang an ihr Ohr. Jäh wurde ihr bewusst, wie allein sie hier in der Dunkelheit war. Ihre Atmung wurde schneller. Kalter Schweiß rann ihren Rücken hinunter. Ihr Puls raste.

DAMIT HATTE ER NICHT GERECHNET. Er musste sich sputen, das war ihm jetzt klar. Seit einigen Minuten folgte er dem Mädchen. Obwohl er gut trainiert war, hatte sie mittlerweile einen ansehnlichen Vorsprung erreicht. Er legte einen Spurt ein und kam ihr bis auf 50 Meter näher. Er vernahm ihre Schritte, hörte sie atmen, schemenhaft sah er ihre Silhouette. *Sie ist perfekt,* dachte er, *jetzt nur keine Schwäche zeigen. Es sind nur noch wenige Meter, dann ...*

PLÖTZLICH LIESS ein Geräusch sie aufhorchen. Blätter raschelten. Sie vernahm Schritte, die schnell näher kamen. Ängstlich sah sie sich um.

»Hallo, ich bin es!« Merle seufzte erleichtert, als sie die Stimme von Klaras Vater vernahm. Mit dem Hund an der Leine war er ihr gefolgt. »Jetzt bin ich doch noch zum Joggen gekommen. Eigentlich bin ich weniger gejoggt, stattdessen bin ich mehr gerannt. Du bist ganz schön schnell unterwegs«, sagte er und atmete tief durch. »Ich glaube, ich muss mehr trainieren. Komm, ich bringe dich nach Hause.«

»MIST!«, sagte er leise zu sich, als er die Person mit dem Hund sah. »Noch 40 Meter und ich hätte sie gehabt. Ich war so nahe an ihr dran.« Wütend eilte er zurück zu seinem Auto, das in einer Seitenstraße parkte, stieg verschwitzt ein und fuhr nach Hause.

Kapitel 12

Das *,Haus Dieker'* in Marienhafe befand sich direkt gegenüber dem Rathaus. Der große Saal war mit 70 Personen bis auf den letzten Platz gefüllt. Der freundliche, helle Raum mit der ungewöhnlichen Deckenkonstruktion wurde zusätzlich von mehreren grellen Scheinwerfern aufgehellt, die allesamt auf das Podium gerichtet waren. Dort hatten, neben Staatsanwalt Doktor Vierkant, der Bürgermeister von Marienhafe und Kriminalhauptkommissar Hagena, auch der Leiter der Polizei Norden, Polizeihauptmeister Zimmermann, Platz genommen. Etwa acht Mikrofone und zahlreiche Aufnahmegeräte zierten die drei Tische. Staatsanwalt Vierkant begrüßte die anwesenden Medienvertreter pünktlich um 11 Uhr Ortszeit, wies kurz auf den Anlass hin und bat die Anwesenden um eine sachliche Berichterstattung, dann übergab er das Wort an Jan Hagena. Dieser räusperte sich kurz, nahm seine Unterlagen zur Hand und wandte sich mit klarer Stimme an die Medienvertreter. »Moin, meine Damen und Herren. Mein Name ist Jan Hagena, ich bin Kriminalhauptkommissar und leite die Ermittlungen im Fall Alena T.. Wie Herr Staatsanwalt Doktor Vierkant bereits erwähnte, wurde gestern Morgen eine leblose Person gefunden. Zunächst konnte nicht festgestellt werden, um wen es sich handelt. Ein Zeuge fand sie in unmittelbarer Nähe eines Bauernhofes, mitten in der Krummhörn. Die genauen Angaben zum Fundort entnehmen Sie bitte den Informationen auf unserer Website. Dort können Sie übrigens ein pdf herunterladen.«

»War es ein Sexualdelikt? Wurde die junge Frau vergewaltigt?« Ein Mann, von zirka 40 Jahren hatte sich erhoben und sah fragend zum Podium.

»Entschuldigung, wenn ich jetzt nicht sofort antworte. Sobald ich mit meinen Ausführungen fertig bin, versuche ich alle noch offenen Fragen zu klären.« Hagena nippte kurz an seinem Wasserglas, das vor ihm stand, dann fuhr er mit seinen Ausführungen fort. »In den Morgenstunden des 5. Septembers sah ein Auszubildender, als er zusammen mit dem Hofbesitzer Kühe vom Stall zur Weide trieb, wie einige Tiere scheuten. Etwas Ungewöhnliches lag neben dem Weg, was die Tiere verunsicherte. Beim näheren Hinsehen erkannte der junge Mann einen leblosen Körper. Der Landwirt informierte sofort die Norder Polizei. Die Kollegen fanden vor Ort eine Frauenleiche. Bis zu diesem Zeitpunkt konnte niemand sagen, wer diese Person sein könnte.« Hagena machte eine kurze Pause. »In der Nacht zuvor hatte es heftig geregnet. Rund um den Fundort der Leiche war der aufgeweichte Boden von über 100 Rindern, die auf dem Weg zur Weide waren, zertreten worden. Somit konnten im direkten Umfeld der Leiche keine verwertbaren Spuren gesichert werden. Ein Ausweis oder sonstige Dokumente zur Identifikation der Toten wurden von den Beamten vor Ort nicht gefunden. Somit wussten wir bis vor wenigen Stunden nahezu nichts über die Tote. Sie werden sich sicherlich jetzt fragen, weshalb konnte die Identität nicht festgestellt werden.« Im Saal herrschte eine angespannte Stimmung. Über 70 Personen folgten schweigend den Ausführungen des Ermittlers. »Ich muss zugeben, ich habe in meinen fast 30 Dienstjahren einiges gesehen, dennoch hat mich dieser Anblick schockiert. Zum Zeitpunkt, als die leblose Person gefunden wurde, war sie von Kopf bis zu den Füßen mit einer dicken Farbschicht bedeckt. Literweise Farbe haftete an dem Körper der jungen Frau. Die trockene Farbe ließ eine Identifizierung vorerst nicht zu. Wenige Stunden vor dieser Veranstaltung bekamen wir die traurige Gewissheit von der Rechtsmedizin in Oldenburg mitgeteilt. Bei der Toten handelt es sich eindeutig um die vermisste Schülerin Alena T. aus Marienhafe.« Ein Raunen ging durchs Publikum. Für einen Moment wurde es unruhig im Saal. Einige Anwesende griffen zu ihrem Smartphone.

»Bitte um Ruhe!« Staatsanwalt Doktor Vierkant hämmerte mit einem Kugelschreiber gegen sein Wasserglas. Nachdem Hagena mit sachlicher Stimme seinen Vortrag fortsetzte, wurde es wieder ruhiger im Saal. »Zum jetzigen Zeitpunkt stellt sich folgende Frage: Wer hat Alena T. in der Zeit von Montag 14 Uhr bis zum Einbruch der Dunkelheit gesehen?« Hinter Hagena tauchte plötzlich ein Foto auf, das von einem Beamer auf eine drei Quadratmeter große Leinwand geworfen wurde. Es zeigte die Schülerin lachend neben einem Schäferhund im Gras sitzend.

»Ein kurzer Einwand meinerseits.« Doktor Vierkant beugte den Oberkörper nach vorne und sprach ins Mikrofon. »Pressematerial und Fotos in digitaler Form finden Sie auf der Homepage der Kriminalpolizei Aurich. Sie können sich dort einloggen und das Material downloaden. Entschuldigung, Herr Hagena, dass ich Sie unterbrochen habe. Fahren Sie bitte fort.«

»Es stellt sich weiter die Frage: Wer kann Hinweise geben, wo sich das Mädchen in der fraglichen Zeit aufgehalten hat? Hat jemand an dem betreffenden Tag ein Fahrzeug in der Nähe des Leichenfundortes gesehen? Des Weiteren suchen wir nach einer Schultasche mit Büchern und

Schreibmaterial.« Hagena zeigte auf die Leinwand. »Eine Tasche, ähnlich dieser hier, sowie ein schwarzes Sweatshirt, blaue Jeans der Marke *TomWest* und weiße Sneaker der Marke *Tigerfeed* sind bislang verschwunden. Wer Hinweise zu diesen Sachen geben kann, soll sich mit der Polizei in Norden oder der Kripo Aurich in Verbindung setzen.«

Hagena beantwortete einige Fragen, dann schob er das Mikrofon zu seinem Nachbarn zur Rechten. Doktor Vierkant ergriff erneut das Wort. »Für sachdienliche Hinweise, die zur Ergreifung des Täters führen, wurde eine Belohnung von 12.000 Euro bereitgestellt. Ich bedanke mich für Ihr Kommen. Die Pressekonferenz ist hiermit beendet. Zu gegebener Zeit werden wir eine weitere Veranstaltung in Betracht ziehen und Sie über die Fortschritte der Ermittlungen informieren. Auf Wiedersehen.«

Kapitel 13

»Guten Abend, Jan. Ich habe dich vor einer halben Stunde im Fernsehen gesehen. Trotz des traurigen und ernsten Anlasses hast du deine Sache gut gemacht. Von deinem Vorgesetzten habe ich gar nichts gehört.«

»Hallo, Sophia. Ich bin total kaputt. Den ganzen Tag habe ich fast nur telefoniert, geredet, Interviews gegeben und lästige Fragen beantwortet. Einige Journalisten waren wirklich hartnäckig. Obwohl in der Pressekonferenz alles Wesentliche gesagt wurde, bohrten sie weiter. Übrigens, Doktor Vierkant hat einige einleitende Worte gesagt.«

»Das habe ich nicht gesehen. Schade. Wie du weißt, kenne ich ihn aus dem Tennisclub.«

»Eventuell hast du zu spät eingeschaltet oder Doktor Vierkants Auftritt wurde rausgeschnitten. Das wäre natürlich sehr schade.« Hagena schmunzelte.

»Hast du gelacht?«

»Nein, Sophia. Ich finde es wirklich bedauerlich. Doktor Vierkants einleitende Worte wurden sehr wohlwollend aufgenommen.«

»Das war doch ironisch gemeint?«

»Wie kommst du da drauf?«

»In meinem Büro habe ich mehrere junge Menschen sitzen. Sie sind im ähnlichen Alter wie Alena T. Ich mag mir gar nicht vorstellen, was dieses Mädchen durchgemacht hat. Die armen Eltern. Sie haben jetzt ein schweres Los zu tragen.«

»Das Leid, das diesen Eltern widerfährt, lässt sich nicht in Worte fassen. Wir arbeiten mit Nachdruck an der Aufklärung des Verbrechens. Unsere Hoffnung liegt jetzt auf der Berichterstattung in den Medien. Wir haben eine Lücke zu füllen. Bislang wissen wir nicht, wo sich die Schülerin zwischen Schulschluss und ihrem Tod aufgehalten hat. Mit etwas Glück bekommen wir Hinweise aus der Bevölkerung. Die nächsten Tage werden hart.«

»Dann wird es wohl nichts mit dem gemeinsamen Wochenende.«

»Egal, was in den nächsten Tagen auf mich zukommt, den Sonntag halte ich mir für dich frei. Kannst du einige Sachen fürs Frühstück einkaufen? In meinem Kühlschrank neigen sich die Vorräte dem Ende und mir fehlt die Zeit, einen Supermarkt aufzusuchen.«

»Mache ich, Jan. Ich freue mich auf Sonntag.«

Kapitel 14

Langsam schlurfte er ins Haus, entledigte sich seiner Arbeitskleidung im Wirtschaftsraum, wusch sich Hände und Gesicht, zog einen grauen Jogginganzug an, der neben der Waschmaschine in einem Wäschekorb lag, und begab sich in die Küche. Doris, mit der er seit 11 Jahren verheiratet war, sah er nicht. Er rief ihren Namen. Aus dem Wohnzimmer hörte er ein gequältes »Hier!«. Sie lag dort auf dem Sofa und guckte ihre allabendliche Telenovela. Keine der mittlerweile 324 Folgen hatte sie verpasst. Das Essen vom Mittag stand neben der Mikrowelle, wie jeden Tag. Und jeden Tag roch es gleich. *Nasi goreng, indischer Curry-Reis* oder *Tacos mit Garnelen* aus der Tiefkühltheke. Aufgewärmt ungenießbar. Missgestimmt nahm er eine Currywurst-Mahlzeit aus dem Kühlschrank, pikste Luftlöcher in den Deckel und schob das Fertiggericht in die Mikrowelle. Leicht apathisch stellte er die Zeit ein, drückte die Starttaste des Gerätes und wartete geduldig auf sein Mahl. Mit dem aufgewärmten Essen, einer Flasche Bier aus dem Kühlschrank und einem Brötchen vom Vortag setzte er sich an den Küchentisch. Er fühlte sich müde und kaputt. Seit Wochen kannte er nur ein Wort: Überstunden. Das Essen aus der Mikrowelle war zu heiß geworden. Verärgert griff er nach der Fernbedienung, schaltete den kleinen Fernseher ein, der in der Küche auf dem Sideboard stand und durchforstete die Sender nach einer guten Vorabendserie zur Ablenkung. Er stoppte bei der Berichterstattung eines Regionalsenders. Hatte der Moderator gerade das Wort *»Ostfriesland«* erwähnt? Hastig machte er den Ton lauter, als Bilder von einer Pressekonferenz in Marienhafe gezeigt wurden. Unten, am Bildrand eingeblendet, stand eine Schlagzeile: *Vermisste 18-Jährige tot aufgefunden.* Gebannt sah er sich den Bericht an. Während er in seinem Essen stocherte, erfuhr er, dass ein Landwirt unweit von *Osteel* eine Leiche entdeckt hatte. Er kannte diese Gegend. Ein Kriminalbeamter erzählte sehr detailliert, wie man die Leiche der jungen Frau vorgefunden hatte.

»Wahnsinn. Einfach mit Farbe übergossen. Was für eine Idee. Krass«, murmelte er, während er die Currywurst in sich hineinschaufelte.

»Hattest du einen guten Tag?« Doris kam aus dem Wohnzimmer getorkelt. In der Hand eine leere Chipstüte. »Ich muss mal«, sagte sie und setzte ihren Weg fort, ohne ihren Ehemann weiter zu beachten.

»Leise!«, fuhr er sie an, »Das muss ich hören.«

»Was guckst du?«

»Nachrichten. In der Gemeinde Brookmerland wurde ein totes Mädchen gefunden. Jetzt sucht die Kripo nach Zeugen.«

»Hast du etwas gesehen?«, murmelte sie, während sie versuchte, noch einige letzte Krümel aus der Chipstüte zu fischen.

»Quatsch, wir arbeiten derzeit im Emsland. Wie soll ich da etwas gesehen haben?«

Doris watschelte an ihrem Ehemann vorbei, warf im Vorübergehen die leere Tüte in einen überfüllten Mülleimer, bevor sie die Küche verließ. Sie roch nach Alkohol und Zigaretten, bemerkte er, ließ sich aber nicht weiter ablenken.

Fast 20 Minuten berichtete der Sender über den Leichenfund. Immer wieder wurde das Bild des Mädchens eingeblendet. »Die Kühe haben gescheut. Sie wollten nicht weiterlaufen. Als ich nachsehen wollte warum, sah ich diese grün bemalte Frau im Dreck liegen«, erzählte ein Bauer mit deutlich breiter ostfriesischer Aussprache. Ein Reporter, der sich am Fundort der Leiche befand, deutete immer wieder auf eine Stelle hin, an der noch Reste der grünen Farbe zu sehen waren. »Hier lag die 18-jährige Schülerin Alena aus Marienhafe, völlig nackt unter einer dicken Schicht grüner Farbe, wie uns Landwirt Arno Dirksen gerade bestätigte.« Der Bauer nickte in die Kamera. »Ich habe sofort, nachdem die Kühe auf der Weide waren, die Polizei gerufen. Schlimme Sache. So etwas erlebt man nicht jeden Tag.« Man sah dem Landwirt an, dass er die Aufmerksamkeit, die ihm zuteil wurde, sichtlich genoss. Im Studio sprach anschließend der Moderator der Sendung mit einem Experten vom Landeskriminalamt, der aber nur Allgemeines zu dem Verbrechen beitragen konnte.

Doris kam keuchend zurück von ihrem Toilettengang. »Haben wir noch Nüsse?«, fragte sie. »Keine Ahnung. Du warst einkaufen. Bring nächstes Mal eine Kiste Bier mit, es sind nur noch sechs Flaschen da.«

»Geh doch selbst einkaufen. Ich soll mich um alles kümmern. Wäsche waschen, Essen kochen und putzen, während mein lieber Ehemann vor der Glotze hockt und nur meckert.«

»Wer schafft hier das Geld heran? Ich bin täglich 10 Stunden auf dem Bau. Samstag muss ich auch wieder bis 16 Uhr arbeiten.«

»Du bist immer nur am Jammern. Was soll ich sagen. Morgens um sechs Uhr schmier ich dir die Brote und koch dir Kaffee und ...«

»Danach pennst du bis Mittag.«

»Jetzt darf ich mich plötzlich nicht mal ein paar Minuten ausruhen.«

»Du solltest dir einen Job suchen, dann müsste ich keine Überstunden machen.«

»Ich habe es versucht. Ich finde nichts.«

»Kein Wunder. Wer stellt eine Frau ein, die so aussieht wie du. Beweg dich und friss weniger, dann bekommst du auch Arbeit.«

Doris begann zu weinen. »Was soll ich machen, das sind meine Gene.«

»Quatsch, Gene! Das ich nicht lache. Chips, Cola, Döner, Schokolade, Kuchen und Tiefkühlpizza sind schuld, nicht deine Gene.«

»Du bist gemein. Mein Arzt sagt, dass ich krank bin. Ich leide und du lästerst nur über meine Figur.«

»Such dir einen anderen Arzt.«

»Und du such dir eine andere Frau. Lange mache ich das nicht mehr mit, dann schmeiß ich dich hier raus. Das hier ist immer noch mein Haus. Ich habe es von meinen Eltern geerbt, genauso wie das Geld, von dem wir unser Auto bezahlt haben. Du bist ein armseliger Hosenpisser. Ich habe hier das Sagen.«

»Ich bin nicht auf dich angewiesen.«

»Gut, wenn du das einsiehst. Dann packe deine Habseligkeiten und verschwinde. Bist du bis Ende der Woche nicht verschwunden, rufe ich Henning an. Der wird dich ohne Wenn und Aber vor die Tür setzen.« Mit hochrotem Kopf schlurfte Doris zum Kühlschrank, nahm sich einen Schokopudding und tapste zurück ins Wohnzimmer. Die Blicke ihres Mannes verfolgten sie voller Wut und Verachtung.

Doris würde sich wieder beruhigen, das wusste er, dennoch fand er die Situation unerträglich. Immer nur schuften, wenig Freizeit und kaum Geld auf dem Konto, das war nicht das Leben, das er sich vorgestellt hatte. Er musste etwas ändern. Fast eine Stunde lag er nach dem spärlichen Abendessen in der Badewanne, drei Flaschen Bier leerte er, bevor er aus dem lauwarmen Wasser stieg. Vor lauter Frust und Verzweiflung rollten ihm Tränen über seine Wangen. *Wie sollte es weiter gehen?*, dachte er. Er hatte keine Antwort.

Er nahm das Handtuch, das nach dem teuren Parfüm von Doris roch und trocknete sich ab. *Alles riecht nach ihr,* dachte er. Überall standen oder lagen Doris Sachen. Seifen, Shampoos, Cremes, Deos und unzählige Parfümflaschen. Daneben hing seit Tagen getragene Kleidung. Auch das Sideboard im Schlafzimmer war vollgestopft mit Kleidung. Aus den Schubladen quoll teure Unterwäsche. Unten im Haus hatte sie den Abstellraum für sich reserviert. In dem acht Quadratmeter großen Raum stapelten sich Dutzende Paar Schuhe bekannter Markenhersteller auf diversen Regalen. Es verging kaum ein Tag, an dem nicht ein Paketbote vor der Tür stand. Wenn Doris nicht vor dem Fernseher lag, saß sie mit dem Laptop am Küchentisch und durchsuchte die Angebote der Onlinehändler. Die Kleiderschränke waren voll mit Shirts, Hosen und Pullover. Neben Bekleidung und Kosmetikartikeln bestellte sie alles, was ihrer Meinung nach lebenswichtig war. Mittlerweile besaßen sie zwei Kaffeevollautomaten, drei Fernseher, vier Digitalempfänger, mehrere Smartphones und alles, was ein Gamer benötigt. Das Haus in Moordorf an der Ringstraße glich einem Warenhaus. Mirko war frustriert. Was sollte er tun? Wie sollte es weitergehen? Er zog sich frische Kleidung an und verließ das Bad. Müde und ausgepowert stieg er die Treppe hinauf. Seit zwei Jahren schlief er alleine. Doris schlief unten, sie schaffte die Stufen nicht mehr. Das Zimmer oben war als Kinderzimmer geplant gewesen, jetzt war es sein Ausweichquartier. Doris betonte vor gut einem Jahr, dass sie keine Kinder wolle. Wer soll sich um die kleinen Scheißer kümmern, wenn du zur Arbeit bist, sagte sie, als er sich zum Thema *Kinderwunsc*h äußerte.

Gähnend stieg er in sein Bett. Morgen wollte er nach einer Lösung suchen. Schnell fielen ihm die Augen zu. Aus einer unruhigen Nacht erwachte er schweißgebadet am frühen Morgen, als der Wecker sich mit einem nervtötenden Piepen bemerkbar machte. Halb sechs zeigten die Zeiger an. Um sieben Uhr dreißig musste er anfangen. Doris schlief. Wieder einmal hatte sie es nicht geschafft, ihm die Brote zu schmieren. Die Zeit reichte für ein kleines Frühstück, das er sich aus den Resten im Kühlschrank zusammenstellte. Kurz vor Sieben verließ er das Haus. Doris atmete dermaßen laut, dass er sie im Flur hören konnte.

In Emden stoppte er bei einer Bäckerei. Hier holte er sich das, was er für einen harten Arbeitstag benötigte. 17 Euro hatte er noch. Es reichte gerade für einige Backwaren, zwei Flaschen Kakao und eine große Flasche Apfelschorle. Doris hatte wieder einmal seine Geldbörse geplündert. Wütend warf er das nahezu leere Portemonnaie ins Handschuhfach des Wagens. Minutenlang saß er da, seine Hände klammerten am Lenkrad, sein Blick starr, der Körper regungslos, verharrte er minutenlang im Auto. Tränen rannen über seine Wangen. So hatte er sich sein Leben nicht vorgestellt. Immer träumte er von einem Häuschen mit einer lieben Frau, Kindern und einem kleinen Hund. Jetzt hatte er nur einen Drachen zuhause.

Sollte er sich von Doris trennen? Diese Frage beschäftigte ihn die ganze Fahrt. *Ohne Doris hätte ich ein wunderbares Leben,* dachte er. *Nur wie werde ich sie los, ohne dass ich unser Haus verliere?* Kurz vor seinem Ziel kam ihm eine Idee. Er trocknete die Tränen, stieg aus seinem Auto und lief mit einem zaghaften Lächeln zu seinen Kollegen.

»Moin. Wie geht es dir heute Morgen? Hattest du wieder Stress mit deiner Alten?«, fragte ein Kollege.

»Alles klar. Mir geht es gut.«, antwortete er wortkarg wie immer.

Am Abend nach der Arbeit fuhr er zum Baumarkt. Er bezahlte mit der Kreditkarte von einem Konto, von dem Doris nichts wusste.

Kapitel 15

»Moin zusammen! Moin, Herr Doktor Vierkant.« Die Begrüßung war weder herzlich, noch barg sie etwas Positives in sich. Es waren Routinefloskeln. Für mehr reichte die Zeit nicht und das wussten alle Anwesenden. Doktor Vierkant wollte unbedingt der morgendlichen Besprechung beiwohnen. Er hatte sich einen Stuhl genommen und setzte sich an den Tisch.

»Einen Kaffee?«, fragte Anna.

»Nein, danke. Ich möchte nichts.«

Hagena nahm die Kaffeekanne und füllte in aller Ruhe seinen Becher. Der verständnislose Blick des Staatsanwaltes interessierte ihn nicht. »Gibt es etwas Neues?«, fragte Hagena in die Runde.

»Die Medien sind voll mit Meldungen. Manche widmen dem Thema eine ganze Seite«, sagte Anna. Sie saß vor einer aufgeschlagenen Zeitung. In der einen Hand einen Becher mit grünem Tee und in der Anderen ein Knäckebrot.

»Grausiger Fund in Osteel«, murmelte sie. »Totes Mädchen lag zwischen den Kühen. Kriminalpolizei tappt im Dunkeln.« Erbost hob Anna den Kopf. »Was für ein Unsinn diese Leute schreiben«, murmelte sie mit vollem Mund. »Die erwarten von uns, dass wir innerhalb weniger Tage einen Täter präsentieren. Entschuldigung, Herr Staatsanwalt, aber ich glaube, diese Leute sehen zu viele amerikanische Krimiserien.«

»So ganz unrecht hat der Journalist nicht«, erwiderte Doktor Vierkant, »noch haben wir keine konkrete Spur, die uns zum Täter führen könnte.«

»Bei dieser Medienpräsenz müssten aber bald Hinweise aus der Bevölkerung kommen.«

»Tammo, haben Sie etwas für uns? Liegen die Berichte der KTU und der Rechtsmedizin vor?«, fragte Hagena.

»Von der KTU haben wir nur einen kurzen Bericht erhalten. Die Farbproben wurden untersucht. Es könnte sich um eine Holzschutzfarbe der Marke *BONDEX* handeln. 100 Prozent sicher ist man sich bei der KTU nicht«, sagte Tammo trocken.

»Die Farbe ist mir bekannt. Es gibt sie in vielen Baumärkten. Die Farbe ist sehr gut. Im Sommer habe ich damit mein Gartenhäuschen gestrichen«, sprach Doktor Vierkant fachmännisch, bevor er sich einen Becher nahm. »Einen Schluck Kaffee könnte ich jetzt doch vertragen.«

Anna nahm die Kaffeekanne und füllte den Becher des Gastes.

»Was ist mit den Sachen des Mädchens?«, fragte Doktor Vierkant.

»Die Kleidungsstücke der Toten wurden bislang nicht gefunden«, sagte Hagena. »Herr Feldmann hat die Daten unserer Drohne gesichtet. Im Umfeld der Leichenfundstelle sah er zwei verdächtige Gegenstände auf der benachbarten Wiese liegen. Bei der anschließenden Suchaktion von Polizei und Feuerwehr wurden die Schuhe des Opfers gefunden. Wir gehen davon aus, dass die Schülerin vor ihrem Widersacher geflüchtet ist. Während ihrer Flucht verlor sie auf dem nassen, klebrigen Boden ihre Schuhe. Alena, davon können wir jetzt mit Sicherheit ausgehen, fand auf dieser Wiese oder in unmittelbarer Nähe zu der Wiese ihren Tod. Der Rucksack der 18-Jährigen, wie auch ihre Schulsachen und anderen Kleidungsstücke, bleiben nach wie vor verschwunden.«

Tammo blickte auf den Monitor seines Laptops. »Die Rechtsmedizin hat soeben einen vorläufigen Bericht gesendet. Es wird noch einige Tage dauern, bis die Untersuchungen abgeschlossen sind. Dieser Information zur Folge wurde die Leiche mit einem Speziallösungsmittel von der grünen Farbe befreit. Die Farbe wurde aufgefangen, wird jetzt gefiltert und auf kleinste Partikel hin untersucht. Das kann laut der KTU bis zu drei Tagen dauern.«

»Was hat die Rechtsmedizin zu den bisherigen Untersuchungen gesagt? Es muss doch ein Ergebnis vorliegen?«, fragte Doktor Vierkant. Seine Ungeduld war allen bekannt.

»Zur Todesursache habe ich folgende Information erhalten: Das Opfer wurde sehr wahrscheinlich mit einem Gürtel erdrosselt. Es handelt sich dabei offenbar um einen normalen etwa drei Zentimeter breiten Gürtel mit einer leichten Lederstruktur. Es fanden sich deutliche Hämatome am Hals. In der Lunge und der Luftröhre wurden weder Fasern noch Farbrückstände gefunden. Das heißt, Alena Tönjes war bereits tot, als man sie mit der Farbe großflächig übergossen hat.«

»Das war alles? Mehr hat man nicht festgestellt?« Die Pause, die Tammo benötigte, um weitere Informationen abzufragen, passte Doktor Vierkant nicht. Er drängte zur zügigen Berichterstattung.

»Wurde sie misshandelt?«, fragte Hagena. »Liegt ein Sexualdelikt vor?«

»Das ist das Ungewöhnliche an dieser Straftat. Die junge Frau ist ansonsten unverletzt. Sie wurde weder misshandelt, noch wurden an ihr sexuelle Handlungen vorgenommen. Am Körper der jungen Frau wurden keinerlei Verletzungen, Blutergüsse oder Kratzer entdeckt. Nur am rechten Handgelenk fanden die Rechtsmediziner ein weiteres Hämatom, groß wie eine Männerhand. Der Täter hat sie vermutlich festgehalten. Sie wurde, so die Vermutung der Rechtsmedizin, schnell und mit großer Kraftanstrengung getötet. Sie hatte keine Gelegenheit sich zur Wehr zu setzen. DNA-Spuren des Täters konnten nicht sicher gestellt werden.«

»Gab es keinerlei Abwehrspuren?«

»Nein, Herr Staatsanwalt«, antwortete Tammo. »Nur unter den Fingernägeln der Toten fanden die Rechtsmediziner Textilfasern. Um welche Art von Fasern es sich handelt, wird noch untersucht.«

»Unverletzt«, sagte Hagena nachdenklich, »vermutlich wollte der Täter sein Opfer nicht entstellen. Ich denke, es war ihm wichtig, dass die Schönheit der Person erhalten bleibt. Laut Rechtsmedizin war die junge Frau bereits 72 Stunden tot, als sie gefunden wurde.«

»Wo hat der Täter die Leiche so lange aufgebahrt?«

»An einem Ort, an dem er sie betrachten konnte.«

»Was reden Sie da, Herr Hagena?« In Doktor Vierkants Blick lag Unverständnis.

»Ich versuche mich, in den Täter hineinzuversetzen, Herr Doktor Vierkant. Ich denke, er hat das Mädchen aufgrund seiner Schönheit entführt. Etwa zwei Tage hatte er Zeit, sie anzusehen und sie zu bewundern, dann setzte der Verwesungsprozess ein. Das bedeutet, je nach Luftfeuchtigkeit und Temperatur beginnt der Leichnam zu riechen. Es bilden sich Gase und unangenehme Gerüche, die von Tag zu Tag zunehmen. Somit musste er die Leiche nach einer gewissen Zeit entsorgen. Die Gerüche hätten ihn sonst verraten.«

»Entsorgt ist vielleicht das falsche Wort. Ich denke, er hat sie kunstvoll bestattet. Unser Täter ist Ästhet«, sagte Anna leise, »er liebt das Schöne.«

»Bleiben Sie sachlich Frau Kramer. Auch Sie, meine

Herren, sollten zur Sachlichkeit zurückkehren. Wollen Sie diese Story den trauernden Eltern auftischen? Ermitteln Sie und phantasieren Sie nicht über Kunst und Ästhetik.« Doktor Vierkant verließ verärgert die Besprechung. Das Letzte, was die Anwesenden hörten, waren Türen, die laut ins Schloss fielen.

»Ich bin mir sicher, wir haben es nicht mit einem gewöhnlichen Täter zu tun«, sagte Anna. »Ich denke, unser Mann ist gebildet, Jungesselle, einsam, wohnt in einer modernen Wohnung und umgibt sich mit Designermöbel. Er scheut Menschenansammlungen, hat Hemmungen gegenüber Frauen, ist schüchtern und verklemmt.«

»Für mich ist er ein widerwärtiger Mörder«, ergänzte Tammo.

»Wir sollten keine voreiligen Schlüsse ziehen. Gut, dass jeder eine Meinung zu dem Täter hat. Jetzt sollten wir objektiv an die Sache herangehen. Unabhängig von dem, was die Medien uns an Zeugen bringen, sollten wir diesen Ben zeitnah verhören. Ist er mittlerweile aufgetaucht?«

»Nein, noch nicht«, sagte Anna. »Tammo hat aber eine andere Information für uns.«

»Tammo. Was haben Sie für Neuigkeiten?«

»Ich habe die Namen aller Angestellten des Gymnasiums überprüft. Einige der dort Beschäftigten sind durch verschiedene Verkehrsdelikte aufgefallen, aber durchaus nichts Dramatisches. Ein Name in der Auflistung hatte allerdings einen Vermerk.«

»Welcher Name?«

»Horst Backer.«

»Sagt mir nichts. Eine Lehrkraft? Welche Fächer unterrichtet er?«, fragte Anna.

»Backer ist seit sieben Jahren Hausmeister an der Schule. Davor war er Hausmeister an einer Schule in Georgsmarienhütte und davor ...« Tammo stoppte.

»Mach es nicht so spannend, Tammo«, sagte Anna.

»Backer verbrachte vier Jahre und acht Monate in der JVA Vechta. Er wurde aufgrund guter Führung vorzeitig entlassen.«

»Was wurde ihm zur Last gelegt?«, wollte Hagena wissen.

»Vergewaltigung. Er soll seine 21-jährige Nichte sexuell missbraucht haben, was er immer wieder bestritten hat.«

»Von diesem Mann brauchen wir eine Aussage. Ich fahre nach Marienhafe. Sie, Frau Kramer, unterstützen Tammo. Ich denke, heute wird eine Flut von Anrufen kommen. Ich habe bereits mit den anderen Abteilungen gesprochen. Sollte es zu einem Engpass kommen, können wir mit ihrer Unterstützung rechnen.«

Kapitel 16

Seine Gedanken kreisten um den Tod im Allgemeinen. Unzählige Filme, die er regelmäßig über Streamingdienste schaute, hatten ihm diese Thematik ins Wohnzimmer gebracht. Sterben gehörte im Fernsehen zum Alltag, wie der Kaffee am Morgen und das Pils am Abend. Selbst in den Nachrichten der öffentlich-rechtlichen Medien dominierte dieses Thema. Journalisten und Kameraleute waren immer dort, wo Menschen starben. Das Volk liebte diese Bilder. Mit jedem Krieg, jedem Terroranschlag stiegen die Einschaltquoten.

Viel gegessen hatte er nicht, eigentlich gar nichts, nur ein Brötchen, das er sich nach dem Tanken zusammen mit der Tageszeitung gekauft hatte. Die Zeitung las er auf dem Firmenparkplatz im Auto, das Brötchen aß er später im Baucontainer. »Tatsächlich«, sagte er laut zu sich, als er den Bericht über den Tod der Schülerin überflog, »man hat sie mit grüner Farbe übergossen.« Zufrieden legte er die Zeitung zur Seite und fuhr zur Baustelle. Dort war der Mord an der Schülerin Hauptgesprächsthema. Er beteiligte sich nicht an dem Palaver. Den ganzen Arbeitstag, von morgens 6 Uhr in der früh bis zum Feierabend, versuchte er alles wie immer zu machen. Er ließ sich nichts anmerken, machte seine gewohnte Arbeit, redete wenig und schuftete wie an allen anderen Tagen auch. Niemand sollte etwas im Vorfeld von seinem Vorhaben bemerken. Zu seinem Glück fielen an diesem Freitag keine Überstunden an. Endlich war es 16 Uhr. Er hatte sich diesen Zeitpunkt herbeigesehnt. Im Sozialraum der Firma zog er seine Arbeitskleidung aus, duschte, zog sich saubere Sachen an, packte seine Arbeitsschuhe in den Spint, zog sich bequeme Schuhe an, quatschte noch kurz mit den Kumpels, bevor er sich ins Auto setzte und nach Hause fuhr. Die verdreckte Jacke und Hose nahm er mit nach Hause zum Waschen. Er kümmerte sich immer selbst um die Arbeitskleidung. Doris wollte die dreckigen Sachen nicht anfassen, in Furcht, sich ihre Fingernägel zu ruinieren, die sie sich regelmäßig in *Kim´s-Beauty-Nail-Studio* machen ließ.

Das Radio im Auto blieb an diesem späten Nachmittag stumm. Er musste nachdenken. Obwohl er relativ langsam fuhr, kam er dennoch pünktlich zuhause an. Vom Auto lief er, vorbei an der Garage, nach hinten. Draußen war es ruhig. Er hatte den Tag gut gewählt. Im Fernsehen lief ein Fußballländerspiel. Doris hasste Fußball. Er lief in den Garten. Sie war nicht zu sehen. Manchmal, im Frühjahr oder im Sommer, saß sie bei milden Temperaturen auf der Terrasse, in Wolldecken eingehüllt, und las Frauenzeitschriften. An diesem Tag nicht, trotz der angenehmen Temperatur von 23 Grad. Es war ihr wohl zu kalt gewesen. Er eilte zu einer kleinen Blockhütte, die an der Grundstücksgrenze im hinteren Teil des Gartens stand. Einen Ort, den Doris nie aufsuchte. Hier fand er alles, was er benötigte, um sein Vorhaben zu realisieren. Einiges hatte er in den letzten Tagen im Baumarkt gekauft und sorgsam in dem Häuschen verstaut. Es war sein Reich. Acht Quadratmeter. Nicht groß, aber ruhig. In den sechs Jahren, seit der Aufstellung, war Doris nur einmal dort drinnen gewesen und auch nur deshalb, weil es an dem Tag Bier und

Bratwurst gab. Er hatte Freunde zur Einweihung eingeladen und wo es etwas zu essen und trinken gab, war Doris nicht fern. Sein Arbeitskollege Werner Wesseling sagte: »Du wirst wohl in der nächsten Zeit Überstunden schieben müssen, sonst bekommst du deine Alte nicht durch den Winter.« Alle amüsierten sich damals über Doris, ihren Appetit und ihren watscheligen Gang.

Mit einem schweren Gegenstand, den er in eine alte Jacke gewickelt hatte, verließ er die Blockhütte. Der Fernseher lief, als er das Haus betrat und ins Wohnzimmer blickte. Doris schlief ausgestreckt auf dem Sofa. Die abendliche Unterhaltungsdoku aus norddeutschen Zoos hatte vermutlich an ihren Kräften gezerrt. Die Vorhänge waren zugezogen. Im Dämmerlicht der Stehleuchte sah er zwei leere Colaflaschen, einen halbvollen Teller Nudeln mit Ketchup, ein leeres Würstchenglas, reichlich Papier von Schokoladenriegeln und zwei leere Joghurtbecher. Sie hatte es wieder einmal nicht geschafft aufzuräumen.

Vorsichtig betrat er das Wohnzimmer. Er lief sprichwörtlich auf Zehenspitzen. Seine Vorsicht war unbegründet. Doris schlief tief und fest. In diesem Moment könnte ein Güterzug mit 35 Waggons vorbeirumpeln oder eine Herde Kühe das Wohnzimmer verwüsten, sie würde es mit Sicherheit nicht registrieren. Wenn Doris schlief, dann schlief sie. Er näherte sich bis auf wenige Zentimeter dem Kopfende des Sofas. Sie lag ausgestreckt auf einem Berg Kissen. Er rümpfte die Nase. Es roch noch Essensresten und Schweiß. Doris atmete schwer.

ER LIESS SIE LIEGEN, zog seine Jacke aus, hing die Jacke an die Flurgarderobe, holte einen Eimer, einen Lappen, einen Müllsack und begann mit dem Aufräumen. Nach einer Stunde, im Fernsehen liefen die letzten Minuten der Zoo-

Doku, beendete er das Säubern und Aufräumen. Den Tisch hatte er leergeräumt, das Geschirr abgewaschen, leere Flaschen in die Garage und den Müll nach draußen gebracht. Er schaltete den Fernseher aus und ließ sich in einen der wuchtigen Sessel fallen. *So sauber und ordentlich war es seit Monaten nicht mehr,* dachte er und gönnte sich eine Flasche Bier, die er aus der Küche mitgebracht hatte. Er sah zu Doris, die nach wie vor ausgestreckt auf dem Sofa lag. Es war so einfach gewesen. Er kam vom Garten, rollte aus der alten Jacke sein Mitbringsel aus und lief damit leise ins Wohnzimmer. Dort lag Doris. Aus dem Fernseher drang das Brüllen eines sibirischen Tigers, als er mit dem Chrom-Vanadium-Stahl-Werkzeug auf die Hausherrin einschlug. Der Lkw-Maul-Ringschlüssel, mit einem Gewicht von fast drei Kilo, war sein ganzer Stolz. Er fand das extrem lange und stabile Werkzeug auf einer Baustelle in Bremerhaven. Der Schlag, den er mit ungeheurer Wucht ausführte und der den Schädel mittig traf, ließ den fülligen Körper beben. Doris hustete, als hätte sie eine Praline verschluckt, hob den Kopf leicht an, röchelte und für den Bruchteil einer Sekunde blickte sie ihrem Widersacher ins Gesicht. Hackmann nahm ein Kissen vom Sofa und drückte es mit aller Kraft auf Nase und Mund seiner Frau. Doris zuckte mehrfach, bis ihre Arme erschlafften und sie keinen Laut mehr von sich gab. Es vergingen Minuten, dann ließ er endlich von ihr ab. Doris Kopf fiel zur Seite. Sie war tot.

Mit Abstand betrachtete er die leblose Frau. Mehrmals stieß er mit dem Maul-Ringschlüssel an ihre Schulter, ihren Bauch und zuletzt gegen ihren Kopf. Keine Reaktion. Doris war definitiv aus dem Leben geschieden.

Nach dem Aufräumen atmete er tief durch, ging nach draußen, holte eine Schubkarre, eine alte Decke und lief damit zurück ins Wohnzimmer. Vorsichtig hievte er den schweren Marmor-Couchtisch zur Seite, bevor er die Schubkarre neben dem Sofa abstellte. Noch einmal betrachtete er seine Frau. Sie lag da, als würde sie schlafen, nur aus den Mundwinkeln quoll eine breiige Flüssigkeit. Angewidert packte er den massigen Körper. Unter Aufwendung aller Kraft schaffte er es, Doris zu bewegen. Wie ein Sack, gefüllt mit 150 Kilo Kartoffeln, plumpste der massige Körper in die bereitgestellte Schubkarre.

Vom Wohnzimmer zum Hinterausgang und von dort zur Garage war es nicht weit. Er durfte mit seiner Fracht nur nicht gesehen werden. Mittlerweile dämmerte es draußen. Neugierige Blicke von Nachbarn musste er somit nicht mehr befürchten, zumal sich auch viele das Fußballspiel ansahen. Jeder Meter war dennoch für ihn grausam. Er musste alle ihm zur Verfügung stehenden Kräfte mobilisieren, um die leblose Frau dort hinzuschieben, wo er sie hinhaben wollte. Neben der Garage, für niemanden einsehbar, stand sein Wagen, ein *Dacia Duster*. Gebraucht, billig, aber gut. Dahinter ein Pkw-Anhänger. Groß genug, um damit zwei Europaletten zu transportieren. Fast zehn Minuten mühte er sich ab, Doris auf die Ladefläche zu bekommen. Den Anhänger füllte er mit Gartenabfällen so lange, bis nichts mehr von dem Körper seiner Frau zu sehen war, dann fuhr er los. Alles, was er für diesen Abend benötigte, befand sich im Kofferraum und auf dem Rücksitz des Wagens. Er freute sich auf die kommenden Tage, Wochen und Monate. Ein neues Leben würde für ihn beginnen, da war er sich sicher. Mit hoher Geschwindigkeit fuhr er durch Moordorf. Er hatte ein Ziel: Einen Ort, den Doris nicht kannte. Sie war noch nie dort gewesen. Heute würde sie diesen Ort kennen lernen. *Ein letzter gemeinsamer Ausflug,* dachte er und lachte hämisch.

Kapitel 17

Jan Hagena hatte Wort gehalten. Nicht nur den Sonntag, sondern auch die zweite Hälfte des Samstags hielt er sich für den erwarteten Besuch frei. Am Morgen telefonierte er lange mit dem Staatsanwalt, bevor er in den Garten ging. Das Unkraut wuchs trotz der Dürre im Sommer üppig. Es wurde höchste Zeit, mit der Harke Ordnung zu schaffen. Zudem mussten zahlreiche Stauden beschnitten werden. Mit Sorge betrachtete Hagena seinen kleinen Kartoffelacker. Wie im letzten Jahr hatten sich während des Sommers Schädlinge an den Pflanzen gütlich getan. *Das wird wohl nichts,* dachte er und blickte mürrisch auf die verdorrten und angefressenen Blätter. Es war bereits 14 Uhr, als er nach getaner Arbeit unter der Dusche stand.

Der Spätsommer lag in den letzten Zügen, bald würden die ersten Herbststürme das welke Laub von den Bäumen fegen. Nachdem er im Wohn- und Schlafzimmer Staub gesaugt, die Küche ausgefegt, die Katze gefüttert und die Spülmaschine ausgeräumt hatte, setzte er sich in Sandalen und luftiger Freizeitkleidung nach draußen auf die Terrasse. Zu seinen Füßen suchte sich Pumkin, der orangefarbene Kater, ein bequemes Plätzchen. Pumpkin gab merkwürdige

Geräusche von sich. Träumte das Tier? Können Katzen träumen? Wenn ja, wovon träumen sie? Von Mäuselöchern oder von Dosenfutter? Jan Hagena las die Zeitung, die er zuvor aus dem Briefkasten geholt hatte.

Urplötzlich wurde er aus seinen Gedanken gerissen, als ein schwarzes Coupé mit Auricher Kennzeichen zügig auf die Auffahrt fuhr. Sophia Ahrends stoppte das Fahrzeug unweit des Einganges zum Haus. Hagena sprang sofort von seinem Platz auf, sehr zum Leidwesen des schlummernden Katers. Mit großen Schritten eilte er seinem Gast entgegen. Er sah, wie sich die Tür des Mercedes öffnete und eine schlanke Person ihre pinkfarbenen Schuhe auf die derbe Pflasterung des Hofes setzte. Sie sah atemberaubend aus, stellte Jan Hagena fest. Er sagte nichts, aber er ahnte, dass Sophia seine Bewunderung für sie in seinen Augen ablesen konnte. Er umarmte die schöne Architektin, hielt sie fest und küsste sie.

»Hallo, Sophia, ich freu mich, dass du da bist.« Die Angesprochene lächelte und zeigte mit einer lässigen Handbewegung auf zwei Einkaufskörbe, die sich auf dem Rücksitz ihres Wagens befanden. »Kannst du die Sachen aus dem Auto holen? Ich habe für uns eingekauft. Es müsste fürs Wochenende reichen.«

»Natürlich. Mache ich sofort.«

»Im Kofferraum sind die Getränke und meine Reisetasche.«

»Setz dich auf die Terrasse. Pumpkin wird sich freuen, wenn er dich sieht. Ich bringe alles ins Haus.« Hagena musste mehrmals laufen. Sophias Wochenendeinkauf erwies sich üppiger als erwartet. »Der Tee ist in wenigen Minuten fertig.«, rief er aus der Küche. »Ich habe Oma Wilma eingeladen. Sie wird gleich kommen.«

»Schön, das freut mich.«

. . .

OMA WILMA, die Rentnerin, die gleich nebenan wohnte, hatte einen Kirschkuchen gebacken. Die Sonne schien von einem wolkenlosen Himmel, als die rüstige Nachbarin das Backwerk auf den Tisch stellte. »Wie der duftet!« Hagena setzte sich an den gedeckten Tisch.

»Oma Wilma, du hast dich wieder selbst übertroffen«, murmelte Hagena mit vollem Mund. Zwei Stunden saßen sie dort, tranken Tee, aßen Kuchen und plauderten über Alltägliches. Plötzlich, die dritte Tasse Tee war ausgetrunken, erhob sich die Seniorin überraschend und wie von einer inneren Unruhe getrieben, verabschiedete sie sich. Sie musste sich um das Abendbrot kümmern, wie sie sagte. Obwohl sie alleine lebte und niemanden versorgen musste, war sie stets in Hast.

MÜCKEN TANZTEN IN DER SONNE. Schmetterlinge vollzogen kunstvolle Pirouetten über den gemähten Rasen und zwischen den Kohlpflanzen suchte eine Amsel nach Würmern. Für einen Septembertag war es ungewöhnlich warm.

»Wie war deine Woche?«, fragte Jan, nachdem Sophia wieder neben ihm Platz genommen hatte.

»Im Büro spüren wir das Ende des Sommers. Wir haben weniger Anfragen als im Frühjahr und im Sommer. Die Baukonjunktur stockt ein wenig. Ich hoffe, dass sich die Lage zum Ende des Jahres wieder normalisiert.«

»Wie geht es dir, Jan?«, fragte Sophia.

»Jetzt, in diesem Moment, geht es mir sehr gut.«

»Seid ihr mit euren Ermittlungen vorangekommen?«

»Es ist schwierig. Dennoch bin ich optimistisch. Irgendwann werden wir den Täter überführen. Lass uns von etwas anderem reden. Entschuldigung, ich möchte jetzt ungern von den Ermittlungen berichten.«

»Du musst dich nicht entschuldigen. Es ist gut, wenn man

etwas Abstand gewinnen und sich mit anderen Dingen ablenken möchte.«

»Wie wäre es, wenn wir nach Oldenburg oder Wilhelmshaven fahren? Wir essen in einem gemütlichen Restaurant, bummeln durch die Stadt, abends gehen wir in eine kultige Kneipe und für die Nacht suchen wir uns ein schönes Hotel.«

»Nein, Jan. Alles, was wir für ein schönes Wochenende benötigen, haben wir hier. Ich möchte nur bei dir sein und ein ruhiges, entspanntes Wochenende mit dir verbringen. Hier kann ich abschalten. Ich brauche kein Shopping-Center, keine Gourmet-Restaurants, keine Flaniermeilen und keine Kneipen. Mir reichen dein Garten und dein gemütliches Zuhause.« Sophia schmiegte sich an Jan.

Sophia hat wie immer recht, dachte er, *Glück kann so einfach sein.*

Kapitel 18

»Moin! Hat die Rechtsmedizin sich gemeldet? Was ist mit der KTU?« Hagenas Frage war an Tammo gerichtet. Dieser saß als Einziger an diesem Morgen in der Küche. »Wo ist Frau Kramer?«

»Anna ist zum Arzt und Doktor Vierkant, so habe ich gerade erfahren, ist zwei Tage in Osnabrück.«

»In Osnabrück? Jetzt, wo wir ein Tötungsdelikt aufzuklären haben?«

»Ich denke, er konnte den Termin nicht verschieben.«

»Wird wohl so sein. Was ist mit dem Kaffee?«

»Ist fertig, Chef. Die Thermoskanne ist gefüllt.«

»Haben Sie Infos von der KTU?«

»Heute Morgen ist ein Fax gekommen. Eine Kopie liegt auf Ihrem Schreibtisch.«

»Muss ich wohl übersehen haben. Was schreibt die KTU?«

»Die Fasern unter den Fingernägeln des Opfers könnten von einem Polsterstoff stammen. Möglicherweise handelt es sich dabei um Fasern von einem Autositzbezug. Vermutlich hat das Opfer sich krampfhaft am Sitz festgehalten, als ihr Widersacher über sie herfiel.«

»Das wäre denkbar. Kennt man den Fahrzeugtyp?«

»Die Fasern sind auf dem Weg zum LKA nach Hannover. Dort gibt es Experten und dort gibt es auch ein Archiv mit Faserproben verschiedener Materialien und Hersteller. Im Laufe der Woche bekommen wir weitere Infos.«

»Danke, Tammo!«

Hagena verschwand mit einem Becher Kaffee in seinem Büro.

ANNA KRAMER WOLLTE sich gerade hinter ihren Schreibtisch setzen, als ihr der gelbe Zettel mit der kurzen Nachricht ins Auge fiel: *Bitte umgehend beim Chef melden. Gruß Tammo.*

Es war elf Uhr. Anna klopfte kurz an die halboffene Tür und betrat, mit einem Joghurt in der Hand, das Büro von Hagena.

»Entschuldigung, Chef. Nach dem Arztbesuch musste ich unbedingt etwas essen.«

»Moin, Frau Kramer!«

»Sie wollten mich sprechen?«

»Ja.« Hagena schob den Stapel Akten, der vor ihm auf dem Schreibtisch lag zur Seite. »Wie war die Resonanz auf die Berichterstattung in den Medien? Gab es gestern viele Anrufe? Tammo verhielt sich etwas zurückhaltend, als ich ihm diese Frage stellte.«

»So weit ich informiert bin, erreichten die überwiegenden Anrufe die Norder Polizei. Dort gingen seit Freitag über 53 Hinweise aus der Bevölkerung ein. Ich habe mit 19 und Tammo mit 11 Anrufern gesprochen. Die Mehrzahl der Zeugenaussagen beziehen sich auf Fahrzeuge, die in der Nähe des Leichenfundortes gesichtet wurden. Einige Anrufer behaupten, sie hätten einen Opel, andere einen Volkswagen und wiederum andere, einen Ford gesehen. Diverse Farbvarianten der Fahrzeuge wurden ebenfalls genannt. Noch haben wir keine konkreten Hinweise auf Fahrzeugtyp, Marke oder Halter.«

»Nichts Brauchbares?«

»Nein. Die niedrige Zahl der Anrufer ist mir ohnehin unverständlich. Ich hatte mit weit aus mehr Anrufern gerechnet. Die Zeitungen und auch die regionalen Sender waren voll mit Berichterstattungen. Ist die Bevölkerung mit der Flut an Informationen überfordert?« Anna Kramer wirkte ungewohnt gereizt.

»Sicherlich ist das Überangebot an Informationen ein Grund, Frau Kramer. Vielleicht haben die Menschen tatsächlich nichts beobachtet oder wir haben uns auf die falschen Medien konzentriert.«

»Wie meinen Sie das, Chef?«

»Eine junge Frau, 18 Jahre alt, ist einem Verbrechen zum Opfer gefallen. Diese Altersgruppe lebt in einer anderen medialen Welt als wir. Die jüngere Generation kommuniziert über *facebook, twitter, Instagram* und *TikTo*k. Über diese Kanäle können wir sie mit Sicherheit besser erreichen als über die traditionellen Medien. Das ist mir aber auch erst in den letzten Tagen klar geworden.«

»Damit könnte ich mich beschäftigen«, sagte Anna spontan.

Hagena blickte auf seinen Notizblock, den er stets bei sich trug. »Wir sollten zunächst noch weitere Befragungen durchführen«, sagte er, »insbesondere an der Schule in Marienhafe, sowie im familiären Umfeld des Opfers. Frau Kramer, Sie fahren zum Gymnasium nach Marienhafe. Ich werde die Familie besuchen.«

»Ich dachte, ich könnte mich um die sozialen Medien kümmern.«

»Der Tag ist noch lang. Das schaffen Sie. Sonst fragen Sie

Tammo, der wird Ihnen Hilfestellung geben. Übrigens, sagen Sie Tammo bitte, er möge kurz zu mir kommen, wenn Sie ihn sehen.«

Kapitel 19

Vor Tammo Feldmann lag eine Liste von Telefonnummern, die er im Laufe des Tages abarbeiten wollte. Telefonnummern von anderen Dienststellen. Verärgert über die Störung, erhob er sich von seinem Platz, gab dem Bürostuhl einen heftigen Stoß, so dass dieser gegen die Wand knallte und schlurfte zum Büro seines Chefs.

»Ich wollte Sie gestern bereits fragen, habe es aber wieder vergessen.« Hagena zeigte auf einen Stuhl, der vor seinem Schreibtisch stand. »Setzen Sie sich, Feldmann.«

»Ich stehe lieber.«

»Was ist mit den Baumärkten? Wurden Sie fündig?«

»Die Baumärkte? Stimmt. Ich habe einige angerufen. Bereits beim achten Anruf hatte ich einen Volltreffer.«

»Weshalb haben Sie davon nichts gesagt?« Tammo zog die Schultern hoch. »Vergessen. Ich war zu sehr in die Recherche eingebunden.«

»Was ist jetzt mit den Baumärkten?«

»Ein Baumarkt in Norden hat 20 Eimer Holzschutzfarbe an einen Kunden verkauft. Der Kunde bestand auf kleine Gebinde von fünf Liter je Eimer. Raten Sie mal, welche Farbe, Chef.«

»Tammo, wir sind hier nicht auf einem Kindergeburtstag. Werden Sie mal etwas konkreter.«

»Grün. Ein Kunde aus Marienhafe hat diese Farbe in dem Baumarkt geordert und vor acht Wochen abgeholt.«

»Haben Sie einen Namen?«

»Nein, aber eine Rechnungskopie.«

»Und auf wen ist die Rechnung ausgestellt?«

»Da kommen Sie nie drauf, Chef.«

»Feldmann!«, Hagena wurde laut.

»Die Rechnungsadresse lautet Störtebeker-Gymnasium in Marienhafe.«

»Der Hausmeister!«, sagte Hagena spontan.

»Er ist vorbestraft.«

»Wurde der Hausmeister inzwischen befragt?«

»Als ich die Rechnungsadresse sah, habe ich gleich an den Mann gedacht und mich nach ihm erkundigt. Meines Wissens war er auf einer Fortbildung in Hildesheim. Dort habe ich angerufen. Die Fortbildung war bereits abgeschlossen und die Teilnehmer auf der Heimreise. Am nächsten Tag habe ich im Gymnasium angerufen. Dort hatte sich der Hausmeister noch nicht wieder gemeldet. Niemand wusste etwas.«

»Der Mann hat doch ein Handy. Haben Sie ihn nicht angerufen?«

»Doch, Chef, aber er war nicht erreichbar. Von der Schulsekretärin bekam ich die private Telefonnummer des Hausmeisters. Ich habe mit der Frau gesprochen. Sie ging davon aus, dass ihr Mann noch auf der Fortbildung sei.«

»Das klingt aber sehr merkwürdig, Feldmann.«

»Das habe ich auch gedacht, bis mich gestern Abend gegen 20 Uhr die Ehefrau des Hausmeisters unerwartet anrief. Sie sagte, sie hätte einen Anruf der Polizei Oldenburg erhalten. Ihr Mann hatte einen Unfall. Er ist auf der Autobahn verunglückt. Sie rief aus dem Krankenhaus an. Ihr Mann sei sehr schwer verletzt, sagte sie und er liege noch immer im Koma.«

»Welches Krankenhaus?«

»Oldenburg«, antwortete Tammo Feldmann.

»Informieren Sie sich, ob der Mann vernehmungsfähig ist.«

»Werde ich machen.«

Tammo Feldmann verließ das Büro seines Chefs, kam aber nach acht Minuten zurück.

»Was ist los, Feldmann? Haben Sie schon mit dem Krankenhaus telefoniert? Wie ist der Zustand des Mannes?«

»Nein, soweit bin ich noch nicht gekommen. Ich hatte gerade ein interessantes Gespräch mit der Norder Polizei.«

»Neue Hinweise zum Fall Alena?«

»Ich denke schon. Die Norder Polizei erhielt einen anonymen Hinweis. Der Anruf erreichte die Norder Kollegen vor zwei Stunden. Der Festnetznummer nach kam der Anruf aus Moordorf. Der Anrufer behauptet, er hätte vor einigen Tagen gesehen, wie ein schwarzer *Dacia Duster* mit diversen Farbeimern beladen worden sei. Am späten Abend, in der Dämmerung, sei der Wagen samt einem beladenen Anhänger schnell davon gefahren.«

»Ist dieser Anruf ernst zu nehmen?«

»Wir haben das Kennzeichen des Fahrzeuges überprüft. Der Halter des Wagens heißt Mirko Hackmann. Er ist 37 Jahre alt und arbeitet als Gerüstbauer bei einem Emder Unternehmen. Verheiratet ist er mit Doris Hackmann. Sie ist Einzelhandelskauffrau.«

»Wurde der Mann überprüft? Ist er im System?«

»Die Polizei war vor Ort, hat aber niemanden angetroffen. Polizeilich ist Hackmann bislang nicht in Erscheinung getreten. Die Norder Polizei geht davon aus, dass der Nachbar den anonymen Hinweis gegeben hat. Er war sofort zur Stelle, als die Kollegen in Moordorf eintrafen, und verhielt sich ungewöhnlich auffällig.«

»Was ist Ihre Einschätzung, Tammo, könnte dieser Hackmann etwas mit dem Tötungsdelikt von Osteel zu tun haben?«

»Der Mann arbeitete vor kurzem in Marienhafe. An der Schulsporthalle hat er mit Kollegen ein Baugerüst aufgestellt. Grund waren Dacharbeiten. Das Gerüst lieferte eine Firma aus Emden. Bei dieser Firma ist Mirko Hackmann beschäftigt.«

»Zufall? Ich denke, wir sollten diesen Hackmann befragen, obwohl es keine Straftat ist, Farbeimer in sein Auto zu laden. Könnten diese Farbeimer aus der Schule in Marienhafe stammen?«

»Kaum vorstellbar, aber nicht unmöglich.«

»Wo ist Frau Kramer?«

»Sie wollte gleich nach Marienhafe fahren.«

»Planänderung. Wir fahren in 15 Minuten nach Moordorf. Informieren Sie bitte Frau Kramer. Tammo, Sie können sich derweil um die sozialen Medien kümmern.«

»Weshalb?«

»Wir müssen mehr über die Jugendlichen erfahren. Was wird derzeit gepostet? Machen Sie einen Zeugenaufruf. Wir müssen endlich vorankommen.«

»Okay, wenn Sie meinen.«

»Schicken Sie mir die genaue Adresse von diesem Hackmann aufs Handy.«

»Es ist kurz vor neun, Chef. Um diese Zeit wird der Mann bei der Arbeit sein.«

»Davon gehe ich aus«, erwiderte Hagena, »wir sprechen zunächst mit der Ehefrau und dann mit dem Nachbarn, der angeblich den anonymen Anruf getätigt hat. Ich bin gespannt, wie lange dieser den Anruf abstreiten wird. Sollte sich der

Verdacht gegen Hackmann bestätigen, dann holen wir ihn von der Baustelle, egal wo sich diese Baustelle befindet. Sprechen Sie mit dem Arbeitgeber. Irgendjemand wird Ihnen den Aufenthaltsort sicherlich mitteilen können.«

»Werde ich machen, Chef.«

Kapitel 20

Doris Hackmann lebte mit ihrem Mann in Moordorf. An der Ringstraße hatte sie vor acht Jahren ein Einfamilienhaus geerbt. Doris Eltern hatten ihr einiges hinterlassen, so dass sie mit ihrem Mann dort einige Jahre unbeschwert gelebt hatte. Mittlerweile war das Erbe aufgebraucht, das Haus mit einer Hypothek belastet und Doris hatte, aufgrund einer Anhäufung von Fehlzeiten, ihren Job verloren.

Anna drückte mehrfach die Klingel, dennoch öffnete niemand die Tür. Auch Hagenas Klopfen führte nicht zum gewünschten Erfolg.

»Da können Sie lange klingeln und klopfen«, hörten sie eine Stimme rufen. »Mirko ist auf der Arbeit und Doris schläft bis zum Mittag.«

Hagena lief zu der mannshohen Kirschlorbeerhecke, die das Grundstück der Hackmanns vom Nachbargrundstück trennte. »Wann haben Sie das Ehepaar Hackmann zuletzt gesehen?«

»Sind Sie von der Polizei?«

»Weshalb fragen Sie das?«

»Ich habe bei der Polizei angerufen. Die waren da. Ich habe alles gesagt, was gesagt werden musste.«

»Sie sind der anonyme Anrufer?«

»Nein, das war ich nicht.«

»Wie ist Ihr Name?«

»Janssen. Frank Janssen. Ich wohne hier.«

»Sind Sie den ganzen Tag zuhause?«

»Ich bin Frührentner. Arthrose. Hand und Knie. Dachdecker. Über 30 Jahre bin ich auf Häusern herumgeklettert, das geht an die Substanz. Jetzt versuche ich mich mit Gartenarbeit fit zu halten. Sehen Sie sich den Garten von den Hackmanns an. Nicht einmal der Rasen wurde gemäht. Ich verstehe das nicht.«

»Weshalb haben Sie die Polizei informiert?«

»Mir waren die Hackmanns schon immer suspekt. Sie liegt den ganzen Tag vor der Glotze und er ... Ich will nichts Schlechtes über meine Nachbarn sagen, Herr ...«

»Mein Name ist Hagena. Kriminalhauptkommissar Hagena von der Kripo Aurich.« Hagena zeigte seinen Dienstausweis.

»Kripo. Dann liege ich mit meiner Vermutung doch richtig.«

»Welche Vermutung, Herr Janssen?«

»Ich habe den Bericht über dieses tote Mädchen, das man mit Farbe übergossen hat, in der Zeitung gelesen. Schrecklich!«

»Was haben Sie gesehen?«

»Vor einigen Tagen. Es dämmerte bereits. Ich war noch kurz mit dem Hund draußen, das mache ich jeden Abend, bevor wir zu Bett gehen. Meine Frau saß noch vor dem Fernseher. Sie hat nichts wahrgenommen. Aber ich. Obwohl ich auf die 60 zugehe, höre ich noch wie ein Luchs. Molli, unser Hund machte gerade ... Sie wissen, was ich meine, als ich plötzlich hörte, wie eine Autotür zugeschlagen wurde.«

»Ist das ungewöhnlich in dieser Wohngegend?«, fragte Hagena.

»Na ja. Es war schon reichlich spät. Gewöhnlich sind die Bewohner hier um die Zeit zuhause und sehen Fernsehen. An dem Abend war Fußball im Fernsehen. Ich wette, da saß ganz Moordorf vor der Glotze.«

»Was ist Ihnen aufgefallen, Herr Janssen?«

»Ich habe den Hund ins Haus gelassen und bin zur Hecke geeilt. Wie ich durch die Zweige zu den Hackmanns schaute, sah ich, wie Mirko mehrere Farbeimer in seinen Wagen einlud. Ich habe mir nichts dabei gedacht. Ich bin nach zehn Minuten zurück ins Haus. Später sah ich, wie das Auto unseres Nachbarn davon fuhr. Mit einem vollen Pkw-Anhänger. Meine Frau war bereits auf dem Weg ins Schlafzimmer. Ich erzählte ihr, was ich gesehen hatte. Ihr kam sofort der Zeitungsbericht in den Sinn.«

»Und? Wie haben Sie reagiert?«

»Ich sagte, wir müssen die Polizei informieren. Meine Frau meinte, das ginge uns nichts an. Man hole sich ohnehin nur Ärger ins Haus, sagte sie.«

»Den Ärger werden Sie jetzt bekommen. Sie haben durch Ihr Fehlverhalten Ermittlungen behindert.«

»Aber ...«

»Hatten Sie nach dieser Beobachtung Kontakt mit Ihren Nachbarn?«

»Doris habe ich seit Tagen nicht gesehen. Die geht ohnehin kaum noch einen Schritt vor die Tür. Mirko höre ich jeden Morgen, wenn er zur Arbeit fährt. Manchmal sehe ich ihn, wenn er abends nach Hause kommt. Geredet haben wir schon lange nicht mehr miteinander. Mirko ist nicht sonderlich gesprächig. Mehr ein Einzelgänger. Nur wenn er etwas getrunken hat, beginnt er zu plaudern. Trotzdem ein ganz anständiger Kerl.«

»Ist Ihnen etwas Ungewöhnliches in den letzten Tagen aufgefallen?«

»Wie ich bereits sagte, Mirko ist in Ordnung. Ein Nachbar, auf den man sich verlassen kann. Er hat mir schon öfters geholfen. Letztes Jahr habe ich ein neues Gewächshaus gekauft. Ohne Mirkos Hilfe hätte ich den Aufbau nicht hinbekommen. Mirko ist okay, obwohl er, wie ich bereits sagte, etwas stur und zurückhaltend ist.«

»Und seine Frau? Doris Hackmann? Ist sie zuhause?«

»Davon gehe ich aus. Manchmal sehe ich sie am Fenster oder bei schönem Wetter draußen im Garten auf der Bank sitzen. Das Grundstück verlässt sie selten. Ich glaube, die war seit Wochen nicht mehr unterwegs. Sogar den Einkauf lässt sie sich bringen. Seit sie nicht mehr berufstätig ist, hat sie ordentlich zugenommen. Vielleicht geht sie deshalb nicht mehr aus dem Haus.«

»Eine letzte Frage noch: Wissen Sie, wo Mirko Hackmann derzeit arbeitet?«

»Vor 14 Tagen habe ich kurz mit Mirko gesprochen. Er sagte, dass er für mindestens zwei Wochen auf einer Großbaustelle im emsländischen Papenburg tätig sei, außerdem muss er zwischendurch zu einer Baustelle irgendwo zwischen Emden und Norden. Genau weiß ich das auch nicht mehr.«

»Danke, Herr Janssen.«

HAGENA LIEF ZURÜCK ZUM HAUS. »Ich war hinten.« Anna stand vor dem Haus und klingelte erneut an der Vordertür. »Ich habe überall an Türen und Fenster geklopft. Nichts. Da ist mit Sicherheit niemand zuhause.«

»Dann gehen wir wieder.«

»Moment, Chef. Ich habe hinten im Garten etwas entdeckt, das wird Ihnen die Sprache verschlagen.«

»Was haben Sie entdeckt?«

»Kommen Sie mit, Chef. Ich zeige es Ihnen.«

»Machen Sie es nicht so spannend, Frau Kramer.«

Anna lief schnellen Schrittes hinter das Haus der Hackmanns. Hagena folgte.

Neben einem kleinen Gartenhaus, das sich im hinteren Bereich des fast 1000 Quadratmeter großen Grundstücks befand, lag ein Spaten, versteckt unter einer Kunststoffplane. »Sehen Sie sich diesen Spaten einmal genau an, Chef. Fällt Ihnen etwas auf?«

»Was soll mir auffallen?«

»Farbe, Chef. Grüne Farbe. Frisch wie ein Käsebrötchen aus dem Tankstellenshop.«

»Nehmen Sie den Spaten mit. Das Ding muss zur KTU.«

»Das ist doch ein seltsamer Zufall. Grüne Farbe im Garten und der anonyme Hinweis.«

»Der Hinweis war nicht anonym. Der Nachbar hat die Polizei informiert, nur seinen Namen nicht genannt.«

»Wir sollten eine Hausdurchsuchung vornehmen.«

»Zunächst sollten wir Herrn Hackmann befragen, bevor wir die großen Geschütze auffahren. Ein wenig Farbe an einem Spaten und die Aussage eines neugierigen Nachbarn reichen nicht aus, um eine Hausdurchsuchung durchzuführen. Da müssen wir der Staatsanwaltschaft schon etwas mehr bieten.«

»Das kann doch kein Zufall sein, dass ausgerechnet grüne Farbe an dem Spaten klebt.«

»Vielleicht liegen Sie mit Ihrer Vermutung richtig, Frau Kramer. Laut Tammos Informationen arbeitete Hackmann kurzzeitig in Marienhafe. Ausgerechnet an der Schule, an der Alena Tönjes zum allerletzten Mal lebend gesehen wurde. Die Firma, bei der Hackmann beschäftigt ist, stellte dort ein Gerüst für die Sanierung der Sporthalle auf. «

»Könnte Mirko Hackmann der gesuchte Täter sein?«

»Das herauszufinden ist unsere Aufgabe. Noch haben wir nichts in der Hand, was diesen Mann belasten könnte.«

»Wir sollten Herrn Hackmann vorladen.«

»Noch ist er nur ein Zeuge, vergessen Sie das bitte nicht. Wir fahren nach Papenburg. Dort arbeitet Hackmann, das hat Tammo mir soeben bestätigt. Das Überraschungsmoment könnte für uns von Vorteil sein. Vielleicht erzählt uns Hackmann mehr, als wir uns erhoffen.«

TAMMO SANDTE die Anschrift der Baustelle per SMS. Hackmann, so erfuhr Hagena, arbeitete unweit der Papenburger Seeschleuse. Dort wurden Lagerräume eines ehemaligen Holzimportunternehmens saniert. Die Fahrt von Moordorf nach Papenburg dauerte fast zwei Stunden. Hagena wollte so schnell wie möglich Mirko Hackmann befragen. Noch war er skeptisch, ob Hackmann tatsächlich als Täter in Frage kommen könnte. Vielleicht hatte Hackmanns Nachbar, aufgrund der Presseberichte, die Geschichte mit den Farbeimern nur erfunden. War Frank Janssens Aussage glaubwürdig? Hagena hoffte, in Papenburg eine Antwort zu bekommen.

Kapitel 21

Mirko Hackmann war sichtlich überrascht, als er von den unerwarteten Besuchern erfuhr. Blass kam er vom Gerüst geklettert. Der Baustellenleiter, ein etwa fünfzigjähriger Mann mit weißem Helm, der wenige Minuten zuvor noch in einem Baucontainer gesessen hatte, zeigte zu den Beamten. »Die Herren dort drüben wollen etwas von dir. Sie sind von der Kripo. Mirko, hast du Scheiße gebaut?«

»Nee«, sagte Hackmann. Wortlos, mit hängendem Kopf, folgte der Gerüstbauer seinem Vorgesetzten, ohne zu fragen, was die Beamten von ihm wollten. Die Befragung fand in einem Baucontainer statt, der ansonsten den Bauarbeitern als Sozialraum zur Verfügung stand. Der Container, dürftig mit einem wackeligen Holztisch, sechs einfachen Klappstühlen und mehreren Metallspinden ausgestattet, wirkte wenig einladend. Es roch muffig. Der Boden, nass und dreckig, war vermutlich seit Wochen nicht gereinigt worden. Überall hingen Jacken, Schutzhelme und Sicherheitswesten. Auf dem Tisch standen leere Colaflaschen, Thermoskannen und Brotdosen. Anna setzte sich zu Hackmann an den Tisch, Hagena blieb stehen. Der Bauleiter war während der Befragung nicht anwesend. Er wollte für die Gäste Kaffee besorgen. Zu diesem Zweck musste er zu einem nahegelegenen Bürotrakt laufen, ein zweigeschossiger Flachbau, der bis vor kurzem die Verwaltung des Holzimportunternehmens beherbergte.

»Herr Hackmann, wir waren bei Ihnen zu Hause. Leider haben wir weder Sie noch Ihre Frau angetroffen. Wir haben einige Fragen.«

»Was für Fragen?«

»Sie sind Gerüstbauer. Waren Sie dabei, als das Gerüst an der Sporthalle des Gymnasiums Marienhafe errichtet wurde?«

»Marienhafe? Ja, daran kann ich mich erinnern. In drei Tagen haben wir das Gerüst aufgebaut. Es hat etwas länger gedauert als geplant. Wir hatten mittwochs sehr viel Wind. Zwischenzeitlich mussten wir die Arbeiten unterbrechen.«

»Haben Sie während der Zeit in Marienhafe mit Schülern oder Lehrern gesprochen?«

»Warum sollte ich?«

»Sie haben die Schüler und Schülerinnen aber gesehen?«

»Die liefen jeden Tag an der Baustelle vorbei.«

»Und Sie haben nicht mit ihnen gesprochen?«

»Nein. Die meiste Zeit habe ich auf dem Gerüst verbracht oder im Baustellencontainer. Zum Reden fehlt uns die Zeit. Sie müssen wissen, dass wir enorm unter Druck stehen. Wenn wir nicht rechtzeitig fertig werden, können die nachfolgenden Gewerke nicht anfangen. Wir Gerüstbauer sind meistens die Ersten und die Letzten auf einer Baustelle.«

»Wo ist Ihre Frau?«

»Sie macht Urlaub.«

»Alleine?«

»Derzeit bekomme ich keinen Urlaub. Die Firma hat Unmengen an Aufträgen. Fast jeden Tag muss ich Überstunden machen. An ein paar freie Tage oder Urlaub ist gar nicht zu denken.«

»Wohin ist Ihre Frau gefahren?«

»Sie wollte einige Tage in Bayern verbringen. Sie hat eine Cousine in Kempten. Ich habe sie gestern Abend zum Zug gebracht. Mittlerweile müsste sie dort angekommen sein.«

»Haben Sie mit ihr gesprochen?«

»In den letzten Tagen und Wochen lief es nicht so gut zwischen uns. Sie sagte, sie brauche dringend Abstand und ich solle sie eine Weile in Ruhe lassen. Kein Telefonat, keine SMS – nichts.«

»Das bedeutet, Sie reden gar nicht mehr miteinander?«

»Genau, Herr Kommissar. Das Einzige, was sie zu mir gesagt hat, war Tschüss.«

Hackmann kämpfte mit den Tränen.

»Wir fanden in Ihrem Garten einen Spaten. An diesem Spaten haftet grüne Farbe. Wir haben den Spaten mitgenommen, um die Farbe zu analysieren. Sie erhalten den Spaten in wenigen Tagen zurück.«

»Okay.«

»Wozu haben Sie diese grüne Farbe benötigt?«

Hackmann blickte verstohlen zu den Beamten, kratzte sich am Kopf, wühlte mit der linken Hand in seiner Hosentasche, zuckte mit den Schultern, bevor er antwortete.

»Ich wollte ...«, Hackmann stockte, »unser Gartenhäuschen wollte ich damit streichen. Mir gefiel die Farbe. Doris, meiner Frau, nicht. Sie sagte, sie hasst Grün. Deshalb habe ich es gelassen.«

»Wo ist die Farbe jetzt?«

»Ich war wütend. In meiner Wut habe ich alle Farbeimer ins Auto gepackt und sie entsorgt.«

»Wo haben Sie die Farbeimer entsorgt?«

»Irgendwo im Moor. Keine Ahnung. Es war bereits dunkel. Ohne Licht bin ich in einen Wirtschaftsweg eingebogen. Nach 500 Metern habe ich angehalten und die Farbeimer vergraben. Deshalb ist der Spaten grün. Muss ich dafür ins Gefängnis?«

»Wenn die Eimer gefunden werden und man Ihnen nachweisen kann, dass Sie die Farbeimer illegal entsorgt haben, wird man Sie dafür zur Rechenschaft ziehen.«

Hackmann wischte sich den Schweiß von der Stirn, als es plötzlich klopfte und sich die Tür zum Container öffnete. »Sie haben Glück. Ich konnte eine Kanne Kaffee auftreiben. Nur mit Keksen kann ich nicht dienen«, sagte der Baustellenleiter mit einem breiten Grinsen.

»Kann ich gehen? Meine Kollegen benötigen meine Hilfe.«

»Ja, Herr Hackmann. Sie können gehen. Teilen Sie uns bitte umgehend die derzeitige Anschrift und die Mobilfunknummer Ihrer Frau mit. Hauptkommissarin Kramer gibt Ihnen eine Karte.«

Stumm griff Mirko Hackmann nach der Karte, steckte sie ein und verließ eilig den Baucontainer.

»Liegt etwas gegen Mirko vor? Hat er Dummheiten gemacht?«, fragte der Baustellenleiter.

»Macht Herr Hackmann hin und wieder Dummheiten?«, fragte Anna.

»Mirko ist ein guter Arbeiter. Immer pünktlich, immer zuverlässig. Manchmal, wie soll ich es formulieren? Manchmal ist er etwas schräg.«

»Wie äußert sich das?«

»Im Frühjahr mussten wir ein Gerüst in der Oldenburger Innenstadt aufbauen. Mehrfach, wenn Frauen vorbei liefen, pinkelte Mirko vom Gerüst hinunter auf die Straße. Daraufhin habe ich ihn ermahnt und mit Kündigung gedroht.«

»Kam dieses Verhalten oft vor?«

»Im Sommer letzten Jahres hat er sich einmal vor einer Gruppe von Frauen entblößt, die aus einem Reisebus ausstiegen. Wie immer stand er oben auf dem Gerüst und es schien so, als wenn er die Reaktion der Frauen genossen hat.«

»War er in Behandlung?«

»Weshalb? Das sind derbe Männerscherze. Mirko macht das, um seine Kollegen zu beeindrucken. Es gibt immer Gelächter, wenn Mirko seine Show abzieht. Ich versuche, solche Handlungen zu unterbinden, was nicht immer einfach ist.«

Die Beamten tranken ihren Kaffee, plauderten eine Weile mit dem Baustellenleiter, bevor sie zurück nach Aurich fuhren.

Kapitel 22

Der Morgen begann mit der üblichen Besprechung. Doktor Vierkant saß wie immer am Kopfende des Tisches. Er war vorzeitig aus Osnabrück zurückgekehrt. Anna aß ihren Fruchtquark. Tammo blickte ohne jegliche Regung auf den Monitor seines Laptops, während Hagena Kaffee trank und sich mit dem Staatsanwalt unterhielt. Feste Pausen gab es selten im K11. Gefrühstückt wurde während der morgendlichen Besprechung, zum Unmut von Doktor Vierkant. Er fand dieses Durcheinander, den Geruch von Wurst und Milchprodukten, unangenehm. Das Frühstücken während der Besprechung hielt er für kontraproduktiv und ineffizient. »Ich komme ausgeschlafen, gesättigt und motiviert zum Dienst«, betonte er immer wieder. »Wem morgens die Zeit zum Frühstücken fehlt, hat sein Leben nicht im Griff.« Doktor Vierkants Meinung stieß auf wenig Resonanz.

»Was haben Sie gestern erfahren?« Hagena wandte sich an Anna.

»Nachdem wir aus Papenburg zurück waren, bin ich sofort nach Marienhafe gefahren. Ich konnte mit einigen Schülern sprechen. Ob Alena mit einem Schulbus mitgefahren ist, konnte mir niemand sagen. Es stimmt definitiv nicht, dass ihre beste Freundin einen Platz für sie freigehalten hat. Im Gegenteil, sie wollte den freien Platz für einen Mitschüler reservieren. Angeblich war die getötete Schülerin bei den Jungs sehr beliebt. Sie war keinesfalls schüchtern und zurückhaltend, wie es ihre Eltern beschrieben. Im Gegenteil, sie genoss es, im Mittelpunkt zu stehen. Manchen Mitschülerinnen passte das nicht. Von ihnen wurde Alena oft mit den Worten Bitch, Pussy, Schlampe, Nutte und Miststück beschimpft. Sie war nicht bei allen beliebt.«

»Das widerspricht den ersten Aussagen. Wir sollten die engsten Freundinnen und Freunde der Getöteten umgehend vorladen. Ich will mit dieser Bande noch einmal sprechen. Natürlich getrennt. Einzeln im Verhörraum. Ich will von denen die Wahrheit hören. Offenbar haben diese jungen Leute den Ernst der Lage nicht begriffen.« Hagena redete sich in Rage. »Ich will wissen, wer mit wem befreundet war und wer mit wem Zoff hatte. Von jedem Einzelnen will ich ein glasklares Alibi haben.«

»Der Ton gefällt mir«, murmelte Doktor Vierkant und griente.

»Ich kümmere mich darum«, sagte Anna, nahm ihren leeren Quarkbecher, entsorgte ihn im Mülleimer und eilte zu ihrem Arbeitsplatz.

»Suchen Sie den Täter in der Schule, Herr Hagena?«, fragte Doktor Vierkant.

»Nicht nur in der Schule, sondern auch im familiären Umfeld der Toten. Ich war gestern Nachmittag in Greetsiel, konnte aber leider nicht mit den Eltern sprechen. Ich habe sie für heute früh vorgeladen.«

»Was ist mit Mirko Hackmann?«, meldete sich Tammo zu Wort, »Wird uns dieser Mann noch weiter beschäftigen?«

»Wer ist Hackmann?«, fragte Doktor Vierkant.

»Ein Nachbar beobachtete wie Hackmann diverse Farbeimer in sein Auto einlud. Angeblich hat Hackmann die Farbeimer illegal im Moor entsorgt. Wo er die Eimer vergraben hatte, konnte, beziehungsweise wollte er uns nicht sagen. Die örtliche Polizei wird sich um dieses Umweltdelikt kümmern. Es wird wohl zu einer Anzeige kommen.«

»Sie sollen sich nicht mit Umweltsündern aufhalten. Wie Sie wissen müssen wir ein Tötungsdelikt aufklären. Viele haben Farbeimer zu Hause, deshalb sind sie nicht automatisch verdächtigt. Wir benötigen konkrete Ermittlungsergebnisse, Herr Hagena.«

»Die Ermittlungen sind in vollem Gange. Wir benötigen Zeit, Herr Doktor Vierkant«, antwortete Hagena.

»Zeit? Wollen Sie warten, bis ein weiteres Opfer gefunden wird?« Ohne auf eine Resonanz zu warten, verließ Doktor Vierkant den Raum.

»Es gibt viel zu tun«, sagte Hagena ruhig, »packen wir es an.« Hagena nahm seinen Kaffeebecher und verließ den Raum. Tammo folgte ihm.

Kapitel 23

Am frühen Vormittag kamen die Eltern der toten Schülerin nach Aurich. Anna führte das Ehepaar zu den Verhörräumen. Hagena wollte die Eltern von Alena getrennt befragen.

»Moin, Frau Tönjes. Das ist mein Mitarbeiter Kriminalhauptkommissar Feldmann.« »Moin, Frau Tönjes«, sagte Tammo kurz. Er setzte sich und klappte den Deckel seines Laptops hoch. Frau Tönjes nahm auf der gegenüberliegenden Seite des Tisches Platz. Hagena blieb stehen. »Ihren Angaben zufolge trug Ihre Tochter häufig weite schwarze Pullis, blaue Jeans und Sneaker.«

»Ja, das ist korrekt. Sie trug immer das Gleiche.«

»Wir möchten Ihnen etwas zeigen«, sagte Tammo und drehte seinen Laptop so, dass Frau Tönjes auf den Monitor schauen konnte. »Wie erklären Sie sich dieses Foto?«

Perplex betrachtete Maria Tönjes das Bild. Sie konnte nicht glauben, was sie sah. »Woher haben Sie das Foto?«

»Von einer Mitschülerin. Wie Sie sehen, trug Ihre Tochter nicht nur schwarze weite Pullis.«

»Ich verstehe das nicht. Zuhause hat sie so etwas nie getragen, vielleicht an sehr heißen Tagen im Garten.«

»Laut Angaben der Mitschüler kam Ihre Tochter täglich

in dieser oder ähnlicher Kleidung zum Unterricht. Sie trug dieses freizügige Outfit nicht nur in ihrer Freizeit, sondern auch in der Schule.«

»Sie sieht aus wie eine Nutte«, sagte Maria Tönjes, ohne darüber nachzudenken, dass sie gerade von ihrer verstorbenen Tochter sprach. »Das ist nicht Alena. So etwas hätte sie nie getragen. Meine Tochter war ein anständiges Mädchen. Das Foto ist Fake. Eine Fotomontage. Sie wollen mich nur verunsichern. Ihre Methoden sind abscheulich. Schämen Sie sich, Herr Kommissar.« Tränen rannen über das Gesicht von Maria Tönjes.

Tammo reichte der aufgebrachten Frau ein Glas Wasser. »Trinken Sie. Es wird Ihnen guttun.« Es dauerte eine Weile, bis Frau Tönjes sich wieder beruhigt hatte.

»Weshalb trug Ihre Tochter diese Art von Kleidung?«

»Ich weiß es nicht. Von mir hat sie so etwas nicht bekommen.«

»Ihre Tochter war für ihre Freizügigkeit an der Schule bekannt. Sowohl Lehrkräfte als auch der Schulleiter haben das bestätigt.«

»Ich kann das nicht glauben. Sie ist ja halbnackt. Das kann doch nicht sein. Wieso hat sie so etwas gemacht? Das hatte sie doch gar nicht nötig. Alena war klug, hübsch und ...« Maria Tönjes konnte nicht weiterreden.

»Wie hat sie sich zuhause verhalten? Wie war ihr Umgang mit Männern? Zum Beispiel auf Familienfeiern? Suchte sie die Nähe zum anderen Geschlecht?«

»Nein, nein. Alena hat sich ganz normal verhalten. Sie war eher verschlossen. Gegenüber Fremden wirkte sie zurückhaltend. Mein Mann sagte des öfteren, Alena bekäme nie einen Mann, sie sei viel zu schüchtern.«

»Wenn sie sich zuhause als eine scheue, wohlerzogene Tochter zeigte, so präsentierte sie sich in der Öffentlichkeit als ein ganz anderer Typ. Wie erklären Sie sich das, Frau Tönjes?«

»Ich weiß es nicht. Ich glaubte immer, meine Tochter zu kennen, da habe ich mich wohl getäuscht.«

»Haben Sie die Fotoalben mitgebracht? Ich hatte Sie am Telefon darum gebeten.«

»Mein Mann hat die Tasche mit den Alben. Hier ist auch noch ein Stick mit Fotos.«

»Sie erhalten die Alben sowie den Stick in wenigen Tagen zurück«, sagte Hagena.

»Wissen Sie schon, wer unserer Tochter das angetan hat?«

»Wir verfolgen derzeit einige Hinweise aus der Bevölkerung. Noch kann ich Ihnen nichts Konkretes sagen.«

Weinend verließ Maria Tönjes den Verhörraum. Auch das Gespräch mit dem Vater von Alena brachte keine neuen Erkenntnisse. Wie auch seine Frau, war er von den Bildern überrascht. Weshalb sich seine Tochter dermaßen freizügig in der Öffentlichkeit zeigte, konnte er sich nicht erklären. Sie sei immer sein Nesthäkchen gewesen, betonte er.

Nachdem beide die Protokolle unterschrieben hatten, nahmen sie wortlos die Treppe. Maria Tönjes musste von ihrem Mann gestützt werden.

KURZ NACH MITTAG trafen die Schüler und Schülerinnen in Begleitung der Eltern ein. Hagena unterhielt sich in Gegenwart von Anna zunächst mit Charlotte Blohm. Angeblich war sie die beste Freundin des toten Mädchens gewesen.

»Liege ich richtig, wenn ich behaupte, dass Alena nicht deine Freundin, sondern deine Rivalin war?«, fragte Hagena. Das Mädchen wurde kreidebleich. »Wer sagt das?«

»Das spielt keine Rolle. Ich will die Wahrheit hören und keine Lügen.«

»Ich fand sie bescheuert. Nicht nur ich, alle Mädchen unseres Jahrgangs fanden Alena zum Kotzen. Mal war sie mit Leon zusammen, dann mit Ben und dann wieder mit einem anderen. Sie war eine echte Schlampe. Die Gefühle anderer waren ihr scheißegal. Sie hat alle ausgenutzt, wo sie nur konnte.«

»Vor einigen Tagen hast du dich ganz anders geäußert.«

»Klar. Über Tote soll man nichts Schlechtes sagen.«

»Woher kommt jetzt dein Sinneswandel?«

»Weil, ... weil ... Man soll doch die Wahrheit sagen. Oder?«

»Du willst doch auch, dass der Mörder von Alena gefasst wird?«

»Klar. Ich will nicht so enden wie sie. Darauf habe ich keinen Bock.«

»Dann sag uns, wie es wirklich war. Wie war dein Verhältnis zu Alena?«

»Die Wahrheit ist, kaum einer trauert ihr so richtig nach.«

»Bist du dir sicher? Das ist hart, was du sagst. Hatte sie Feinde in der Schule?«

»Die Jungs hatten etwas vor. Ich weiß nicht was. Alle Jungs waren scharf auf das Luder und das hat sie schamlos ausgenutzt. Die Jungs, insbesondere Timo, Ben und Leon, haben ihr ganzes Taschengeld für diese Tussi geopfert.« Charlotte fuhr sich mit der Hand durchs Haar. »Neulich, nach dem Kino, hat sie es echt übertrieben.«

»Was ist passiert?«

»Aus Jux hat sie die Jungs mit blöden Sprüchen provoziert. Ich hörte, wie einer sagte, die Schlampe mache ich fertig.«

»Wer hat das gesagt?«

»Es war Leon. Das wissen Sie aber nicht von mir.«

»Danke, Charlotte. Du kannst jetzt gehen.«

. . .

SELBSTBEWUSST BESTÄTIGTE LEON CHARLOTTES AUSSAGE.

»Mit ihrem Tod habe ich nichts zu tun. Ich schwöre«, sagte Leon.

»Hast du Alena nach Schulschluss noch gesehen?«

»Nein. Die Anderen wollten schnell zum Bus. Weshalb sollte ich auf sie warten? Nur damit ich im Bus später stehen muss? Ich bin doch nicht doof.«

»Weißt du, ob sich noch Schüler oder Schülerinnen nach Unterrichtsende im Schulgebäude aufhielten?«

»Keine Ahnung. Ist mir auch egal. Die Lehrer verlassen gewöhnlich als Letzte die Unterrichtsräume und auch das Schulgebäude. Müssen Sie die fragen. So viel ich weiß, kommen nachmittags noch Reinigungskräfte. Wann, weiß ich nicht.«

»Danke, Leon. Das war alles.«

»Kann ich gehen?«

»Ja. Tschüss!«

»SOLL ich die Kaffeemaschine wieder einschalten?«, fragte Anna. Sie stand neben dem Kühlschrank und aß einen Joghurt.

»Nicht nötig. Es war ein langer Tag mit unzähligen Gesprächen und Befragungen. Ich denke, wir machen jetzt Schluss und fahren nach Hause. Sagen Sie das bitte auch Herrn Feldmann.«

»Wie beurteilen Sie die Antworten der Schüler? Sind sie glaubwürdig?« Fragend sah Anna zu ihrem Chef. Hagena blieb in der Tür stehen.

»Es gab reichlich Widersprüche. Diesem Leon traue ich einiges zu. Er ist wesentlich reifer als die Anderen. Zwischen ihm und Alena Tönjes lief etwas. Der Junge hat uns garantiert nicht alles gesagt. So wie ich es verstanden habe, hängt er viel mit anderen Jungs seines Altes herum. Er gibt in dieser Truppe den Ton an. Er hat das Sagen. Wer weiß, wozu er seine Kumpels angestiftet hat und wozu diese jungen Männer fähig sind, wenn sie provoziert werden. Auch Jugendliche begehen schwere Straftaten. Selbst Tötungsdelikte darf man nicht ausschließen.«

Kapitel 24

Nahezu jeden Tag berichtete die örtliche Presse über den Mord an der Schülerin aus Marienhafe. Oft endete die Berichterstattung mit der Frage: Wird es bald neue Ermittlungsergebnisse geben?

Diese Frage musste Doktor Vierkant gegenüber der Presse immer wieder verneinen. Gerne stand er für Fragen zur Verfügung, gab Interviews und trat in regelmäßigen Abständen vor die Presse. Eine Aufgabe, die ihm sichtlich Freude bereitete. Man könnte sagen, er ging in dieser Aufgabe vollends auf. Die Pressearbeit hatte nicht nur positive Seiten. Durch die regelmäßige Berichterstattung gerieten Hagena und sein Team immer mehr unter Druck. Die Öffentlichkeit verlangte Ergebnisse. Mütter meldeten sich zu Wort. »Können wir unsere Kinder noch alleine zur Schule schicken?«, fragten sie. »Wir trauen uns nicht mehr ohne Begleitung nach draußen«, zitierte die Presse eine Gruppe Mädchen aus Marienhafe. »Wenn die Polizei unfähig ist, uns zu schützen, werden wir uns bewaffnen. Ich habe jetzt immer ein Messer und Pfefferspray dabei«, erzählte eine aufgebrachte 32-Jährige. Doktor Vierkant wollte das Thema bei der nächsten Besprechung aufgreifen.

. . .

KAUM DASS ALLE am Morgen in der Küche Platz genommen hatten, betrat Doktor Vierkant mit hochrotem Kopf den Raum.

»So geht das nicht weiter. Die Ermittlungsergebnisse sind nach fast drei Wochen mehr als bescheiden.« Doktor Vierkant schnaubte wie ein altes Zirkuspferd in der Manege. »Wie soll ich es ausdrücken? Ich bin unzufrieden mit Ihrer Arbeit. Nichts, gar nichts haben Sie vorzuweisen. Mittlerweile weiß ich nicht mehr, was ich der Presse noch sagen soll. Ich frage Sie mit allem Nachdruck: Wo bleiben die Ergebnisse?«

»Alles, was wir an Ergebnissen haben, liegt bei Ihnen auf dem Schreibtisch, Herr Doktor Vierkant.«

»Das ist nichts, Hagena! Das ist absolut nichts!«, brüllte Vierkant, machte auf dem Absatz kehrt und verließ erbost den Raum.

HAGENA TRANK einen Schluck aus seinem Kaffeebecher. »Der Mann sollte sich mehr entspannen. Solch ein Verhalten führt irgendwann zu einem Schlaganfall oder einem Herzinfarkt.«

»Es gibt Menschen, die müssen sich aufregen. Manchmal kennen sie selber den Grund nicht dafür«, sagte Tammo sichtlich entspannt.

»Kommen wir wieder zu den wichtigen Themen des Tages. Dank der Unterstützung aus Emden, Norden und Leer haben wir von allen Schülern, Lehrkräften und Mitarbeitern der Schule eine Aussage erhalten. Immer noch fehlt uns die Aussage des Hausmeisters und des Schülers Ben Kravitz.«

»Ich bin dran«, sagte Tammo. »Ich weiß nicht, ob es allen bekannt ist, aber der Hausmeister ist nach seinem Unfall noch nicht wieder ansprechbar. Er liegt nach wie vor in Oldenburg in der Klinik auf der Intensivstation. Seit dem Unfall lag er im künstlichen Koma. Vorgestern wurde er aus dem Koma geholt. Ich habe mit dem Chefarzt telefoniert. Wir können heute kurz mit ihm sprechen.«

»Was ist dem Hausmeister passiert? Habe ich etwas verpasst?« Anna meldete sich zu Wort. »Könntest du mich vielleicht kurz aufklären?«

»Der Mann ist auf dem Rückweg von einer Weiterbildungsveranstaltung in Höhe der Abfahrt *Sandkrug* verunglückt. Ein Lastwagen hat ein Stauende übersehen. Der Wagen des Hausmeisters wurde total zertrümmert. Ob er je wieder in seinen alten Beruf zurückkehren kann, ist fraglich«, erläuterte Tammo.

»Tragisch.«

»Und was ist mit diesem Ben?«

»Dazu kann ich etwas sagen. Der Gesuchte ist ausgerissen. Wir nehmen an, aus Angst vor seinen Pflegeeltern. Laut seinem Freund Leon ist er auf dem Weg zu seinem leiblichen Vater. Dieser lebt am *Starnberger See.* Die Polizei vor Ort ist informiert. Sie observieren das Haus des Vaters. Sollte er dort auftauchen, werden die Kollegen ihn sofort in Empfang nehmen«, erläuterte Anna.

»Wie geht es jetzt weiter?«, fragte Tammo Feldmann, »sollen wir noch mehr Personen befragen?«

»Strategieänderung.« Hagenas Stimme klang formell und dennoch entschlossen. »Wir konzentrieren uns zunächst verstärkt auf alte Fälle. Dort sehe ich das größte Potenzial.« Hagena sah zu Anna, die eine Thermoskanne auf dem Tisch platzierte. »Frau Kramer, Sie werden Tammo in den nächsten Tagen intensiver unterstützen. Durchforsten Sie alle alten Akten und sichten Sie die Daten der letzten 10 Jahre, besser noch der letzten 15 Jahre. Suchen Sie nach vergleichbaren Fällen. Vielleicht hat unser Täter bereits in der Vergangenheit zugeschlagen. Konzentrieren Sie sich auf verschwundene und getötete junge Frauen. Sämtliche Gewaltverbrechen an Mädchen oder an jungen Frauen sind relevant. Ich fahre jetzt nach Oldenburg.«

»Nach Oldenburg?«

»Ich fahre zum *Klinikum Oldenburg.* Dort werde ich versuchen, mit dem Hausmeister des Gymnasiums Marienhafe zu sprechen. Wir benötigen dringend seine Aussage.«

Hagena verließ die Küche, setzte sich an seinen Schreibtisch, telefonierte, bevor er seine Jacke nahm, das Smartphone einsteckte und das Büro verließ. Eine Stunde später fuhr er rückwärts in eine der letzten freien Parkbuchten am *Klinikum Oldenburg.*

»Moin! Ich bin Kriminalhauptkommissar Hagena von der Kripo Aurich. Der Stationsarzt hat mir erlaubt, Sie kurz zu befragen. Sie sind Horst Backer?«

Der Mann im Bett wirkte schwach. »Ja, das bin ich«, nuschelte der Angesprochene, der in einem Einzelzimmer lag und von diversen Geräten umgeben war. Mehrere Schläuche und Kabel führten zu seinem Körper. Nicht nur die Arme, das rechte Bein, auch der Schädel war bandagiert. Backer konnte weder den Kopf drehen, noch die Beine oder den rechten Arm bewegen. Lediglich der linke Arm und die Hände schienen unversehrt zu sein.

»Entschuldigung, wenn ich etwas unverständlich bin«, Backer machte eine lange Redepause. »Ich«, es folgte eine weitere Pause, »ich muss das Reden erst wieder lernen.« Der Hausmeister atmete schwer.

»Alles in Ordnung. Ich kann Sie gut verstehen.«

»Wie Sie sehen, hat es mich ordentlich erwischt.« Das Sprechen wurde von einem unüberhörbaren Röcheln begleitet. »Kaum ein Knochen ist heil geblieben. Ich hatte dennoch Glück im Unglück.« Es schien, als wollte der Verletzte lächeln, was aber nicht funktionierte. »Die Organe haben kaum etwas abbekommen, dafür der Kopf um so mehr.« Der

Beamte sah, wie schwer es dem Unfallopfer fiel, sich zu artikulieren. »Ich muss noch einige Male operiert werden. Es wird Monate dauern, bis ich wieder arbeiten kann.«

»Sie wissen, weshalb ich hier bin?«, fragte Hagena.

»Wegen des toten Mädchens. Meine Frau hat mir davon berichtet.« Backer schwieg für einige Minuten. »Das habe ich mir gedacht, dass die Polizei irgendwann bei mir vor der Tür steht.« Backer versuchte, tief einzuatmen, was ihm sichtlich Mühe bereitete. »Einmal vorbestraft und ...«

»Nur wenige Stunden bevor Sie zu der Weiterbildungsveranstaltung gefahren sind, wurde die Schülerin Alena Tönjes ermordet. Sie waren vormittags in der Schule, dafür gibt es Zeugen. Kurz nach Mittag wurde das Mädchen zum letzten Mal auf dem Pausenhof gesehen«, berichtete Hagena.

»Sie glauben ...«, Backer hustete. »Ich habe damit nichts zu tun.«

»Dann sagen Sie mir bitte, wo Sie sich an dem fraglichen Nachmittag aufgehalten haben. Sie waren nicht zuhause. Ihre Ehefrau sagte, Sie seien auf dem Weg nach Hildesheim gewesen. Dort kamen Sie aber erst am darauffolgenden Tag an. Wo waren Sie?«, fragte Hagena.

»Sie glauben, nur weil ich einige Jahre im Knast verbracht habe, bin ich automatisch ein Mädchenmörder?« Auf Backers Stirn zeigten sich Schweißperlen.

»Sagen Sie mir einfach, wo Sie waren.«

Horst Backer verzog sein Gesicht. »Ich habe höllische Schmerzen. Es zieht in den Beinen, meine Lunge brennt und mein Kopf brummt wie ein alter Dieselmotor. Ich brauche eine neue Infusion. Rufen Sie die Schwester.«

»Sofort, Herr Backer. Beantworten Sie mir diese eine Frage.«

Der Verletzte stöhnte. »Ich habe eine Freundin besucht. Meine Frau darf das nur nicht erfahren. Sie ist krankhaft eifersüchtig. Danach bin ich zu der Fortbildung gefahren.«

»Name, Adresse?«

»Aurich. Pappelweg 231. Sie heißt Hannelore Budde.«

»Danke, das war alles.«

»Ich war vier Jahre unschuldig im Knast.«

»Das höre ich oft«, erwiderte Hagena.

»Es stimmt, Herr Kriminalhauptkommissar.« Backer antwortete zögerlich und kaum verstehbar. Die Beweglichkeit seiner Lippen und der Zunge waren eingeschränkt und führten zu einer undeutlichen Aussprache. »Ich wurde beschuldigt, meine Nichte missbraucht zu haben, was nicht zutraf. Die Göre hat mich angezeigt, weil ich sie beim Stehlen erwischt habe.« Die Hände des Mannes im Bett ballten sich zu Fäusten. Schweiß rann von seiner Stirn.

»Beruhigen Sie sich, Herr Backer«, sagte Hagena mit sanfter Stimme.

»Das Luder hat nicht nur ihre Oma beklaut, sondern auch diverse andere Bewohner des Alten- und Pflegeheims. Sie war strafmündig und wäre aufgrund ihrer Vorstrafen für mehrere Jahre hinter Gitter gekommen.« Backer rang nach Luft. »Wie gesagt, ich bin ihr auf die Schliche gekommen und wollte die Polizei informieren. Eines Morgens stand die Polizei aber nicht bei meiner Nichte vor der Tür, sondern bei mir. Sie hatte mich angezeigt. Mir wurde vorgeworfen, ich hätte meine Nichte missbraucht. Dieses Mädchen hatte alles perfekt eingefädelt. DNA-Spuren, Verletzungen im Intimbereich – das volle Programm. Zu der Zeit war ich arbeitslos und oft allein zu Hause. Sie hatte Zeugen, ich nicht.«

Die Tür ging auf und eine Krankenschwester betrat das Zimmer. »So geht das nicht! Sie müssen jetzt sofort gehen. Herr Backer braucht Ruhe.« Die resolute Frau warf Hagena einen vorwurfsvollen Blick zu. »Ich komme gleich wieder und wechsle die Infusionsflasche. Bis dahin sind Sie hier verschwunden.«

Hagena verabschiedete sich. »Tschüss, Herr Backer.«

»Moment, Herr Kommissar.« Backer versuchte, sich aufzurichten, was ihm nicht gelang. »Obwohl ich einen guten Anwalt hatte, verpuffte meine Argumentation vor Gericht. Die Richterin war eindeutig auf der Seite der Klägerin. Nach mehreren Verhandlungstagen wurde ich wegen Missbrauchs verurteilt. Ohne Bewährung trat ich eine Gefängnisstrafe an.« Backers Hände zitterten. »Dank guter Führung konnte ich die JVA nach wenigen Monaten wieder verlassen. Sie können mir glauben, der Weg ins normale Leben war hart und beschwerlich.« Backer machte erneut eine Pause. Man sah, wie schwer ihm das Reden fiel.

»Ich gehe jetzt besser«, sagte Hagena, »bevor die Krankenschwester zurückkommt.«

»Herr Kriminalhauptkommissar. Ich muss Ihnen noch etwas sagen.« Hagena, der bereits bei der Tür war, blieb stehen. »Kurz bevor ich die Freundin besucht habe, war ich in einem Blumenladen an der Emder Straße. Die Inhaberin wird sich an mich erinnern. Ich war der Tollpatsch, der einen kleinen Tisch mit Blumensträußen umgeworfen hat.«

»Ich werde Ihre Aussage überprüfen. Danke, dass Sie meine Fragen beantwortet haben. Gute Besserung, Herr Backer.«

Kapitel 25

Sie begegnete ihm auf dem Weg zum Fahrradstand. Es regnete, nicht heftig, aber unablässig. Den Wolken nach zu urteilen, die sich mit einem kräftigen Westwind Richtung Osten bewegten, sollte es ein ungemütlicher Nachmittag werden. Auf der Pflasterung, dort, wo das Auto des Hausmeisters gewöhnlich parkte, hatten sich bereits Pfützen gebildet.

Per Zufall kamen sie ins Gespräch. »Irgendetwas ist mit meinem Rad nicht in Ordnung«, klagte sie, als er auf sie zukam. Hilfsbereit sah er sich das Fahrrad aus der Nähe an. »Du musst diese Schraube festziehen. Hast du einen Inbusschlüssel?«

»Einen Inbusschlüssel? Kenne ich nicht.«

»Das ist ein Innensechskantschlüssel. Wir könnten den Hausmeister fragen, aber der scheint schon weg zu sein. Sein Auto ist nicht mehr da und gesehen habe ich ihn auch nicht. So ein Schlüssel hat eigentlich jeder zuhause. Frag deinen Vater oder gehe mit dem Rad in die Werkstatt. Ich würde jedenfalls mit dem Rad nicht mehr fahren. «

Nachdenklich sah Natalie ihn an. »Ich muss mit dem Rad

fahren. Wie soll ich sonst nach Hause kommen? Zu Fuß ist es viel zu weit.«

»Kannst du dich abholen lassen?«

»Leider nicht. Meine Eltern arbeiten beide. Vor 17 Uhr ist niemand zuhause. Wenn ich mich beeile, erwische ich vielleicht noch den Bus.« Natalie sah zur Uhr. »Der Letzte müsste gleich losfahren. Wie soll ich das schaffen? Ich muss das Fahrrad abschließen und zur Haltestelle laufen. Scheiße! Warum heute? Warum bei diesem miesen Wetter?«

»Ärgere dich nicht. Mein Auto steht dort drüben. Ich kann dich ein Stück mitnehmen.«

»Würden Sie das machen?«

Sie schob das Fahrrad zurück in den Fahrradständer. Er war vorausgegangen und stieg in sein Auto. Der Regen wurde heftiger. »Komm ins Auto. Beeile dich!«

Sie rannte so schnell sie konnte. Dicke Tropfen klatschten auf das Autodach. Hastig öffnete sie die Tür und stieg ein. Im Inneren des Wagens wurde sie von einem herben männlichen Duft empfangen. Ein wohliges Gefühl durchströmte ihren Körper. Es war sein Rasierwasser, das ihre Sinne verzauberte.

»Hast du keine Regenjacke dabei?«, fragte er, als er sah, wie nass sie war.

»Heute Morgen war das Wetter okay.«

»Auf dem Fahrrad, ohne Regenjacke und dann bei diesem Wetter«, er sah sie mitfühlend an, »du hättest dir garantiert eine Erkältung geholt.«

»Wollen Sie mich wirklich ein Stück mitnehmen?«

»Klar, wenn du mir sagst, wo du wohnst, fahre ich dich sogar nach Hause.«

»Ich wohne in Leezdorf.«

»Leezdorf? Das ist kein großer Umweg für mich. Ich bringe dich nach Hause. Morgen fährst du mit dem Bus oder lässt dich von deinen Eltern bringen. Besser trocken nach

Hause kommen, als die nächsten Tage mit Fieber im Bett liegen.«

»Das finde ich nett von Ihnen. Danke, dass Sie den Umweg fahren.«

»Kein Problem.« Er lachte. Es war ein sympathisches, freundliches Lachen. Nicht das hämische Lachen, das sie von ihren Mitschülern kannte. »Ich mache das gerne.«

Vermutlich hätte sie den Bus locker erreichen können. Busfahren war aber nicht ihr Ding. Die Fahrt nach Leezdorf dauerte in der Regel zwei Stunden. Der letzte Bus nahm immer die Route über Greetsiel, Hage und Halbemond. In einem großen Bogen ging es dann über Leezdorf zurück nach Marienhafe. Im Auto war es wesentlich angenehmer, zudem ist ein Auto bedeutend schneller als ein Schulbus. Erleichtert sah sie nach draußen, als dicke Regentropfen gegen die Scheiben klatschen. Es schien, als öffnete der Himmel plötzlich seine Schleusen. Ein Sturzregen, gewaltig wie seit langen nicht mehr, ergoss sich auf Plätze, Straßen, Wege und auf die Dächer der Häuser von Marienhafe. Menschen suchten Schutz unter Vordächern, Bäumen und Brücken oder sie flüchteten in Läden, Cafés oder in Gebäude. Den ganzen Sommer hatte es nicht so gegossen, wie an diesem Nachmittag.

»Bin ich froh, dass ich hier im Auto sitze. Danke fürs Mitnehmen.«

»Keine Ursache. Den Weg nach Leezdorf kenne ich. Wenn wir dort sind, musst du mich nur noch zu eurem Haus lotsen.«

»Kein Problem.«

Die Schultasche, sie war trocken geblieben, stand zwischen ihren Füßen. Wie immer trug sie nur ihren blauen Hoody, schwarze enganliegende Leggings und weiße Sneakers. Bequeme Klamotten, aber nicht für einen solch heftigen

Regenguss geeignet. »Nach diesem Wolkenbruch wärst du pitschnass gewesen.«

»Wahrscheinlich.« Sie lachte, als er im mäßigen Tempo durch den Ort fuhr.

Von Marienhafe ging es über die B 72 Richtung Norden. Nur wenige Kilometer nach dem Ortsschild bog er rechts in den Moortunweg ein. Dieser führte nach Leezdorf. Natalie kannte die Strecke. Mit dem Fahrrad fuhr sie einen kürzeren und direkteren Weg, diese Strecke nutzten ihre Eltern oft, wenn sie nach Norden oder Marienhafe unterwegs waren.

»Hier hätten Sie abbiegen müssen«, sagte Natalie. Das Fahrzeug sauste an der Straße *Am Sandkasten* vorbei, als hätte der Fahrer die Beschilderung übersehen. »Diese Straße führt direkt nach Leezdorf.«

»Ich weiß.«

»Warum sind Sie ...?«

»Ich halte gleich an und wende.«

Unruhig wippte sie auf dem Beifahrersitz hin und her, ihre Hand am Türgriff, den nervösen Blick auf die Straße gerichtet. Ausgerechnet jetzt musste sie an das Mädchen aus ihrer Schule denken. Sie wurde umgebracht. Von einem Mann? War sie auch in ein fremdes Auto eingestiegen? Natalie blickte sorgenvoll nach draußen. Wo fuhr er hin? Schweißperlen rannen ihre Schläfen hinunter.

»Kann ich aussteigen? Bis nach Hause ist es nicht mehr weit.«

Er schwieg, drückte auf das Gaspedal und entfernte sich mehr und mehr von Leezdorf. Ängstlich blickte sie zu ihm. Ohne Regung sah dieser auf die Straße. Weshalb war sie nicht mit ihrem Fahrrad gefahren? Sonst ignorierte sie auch einen Regenschauer. Die lockere Schraube hätte mit Sicherheit noch bis nach Hause gehalten. Nass zu werden ist doch kein Weltuntergang und von ein paar Regentropfen holt man sich nicht gleich eine Lungenentzündung. Gewöhnlich sprang sie nach dem Radeln unter die Dusche und war danach wieder topfit. Warum nicht heute? *Was hat dich geritten, diese Entscheidung zu fällen?,* dachte sie. Ihr Magen drehte sich. Sie hatte Angst. Sie wollte weg von diesem Mann. Erneut griff sie zum Türgriff. Die Tür ließ sich nicht öffnen.

»Sie wollten doch wenden?«, fragte Natalie bange.

»In 500 Metern kommt eine Kreuzung. Dort wende ich.«

Tatsächlich kam die Kreuzung. Doch statt zu wenden, brauste der Wagen weiter geradeaus in einen schmalen holperigen Wirtschaftsweg.

»Lassen Sie mich aussteigen! Ich will nach Hause!«, schrie Natalie.

»Okay, okay. Beruhige dich!« Er drosselte die Geschwindigkeit und stoppte nach 70 Metern den Wagen auf dem Grünstreifen. »Ich steige jetzt aus!«

»Moment. Warte. Ich habe eine Überraschung für dich.« Natalie sah angstvoll zu dem Mann, der sich plötzlich nach hinten beugte und eine Plastiktüte hinter den Sitzen hervorholte. Schnell löste sie den Sicherheitsgurt und versuchte, die Tür zu öffnen, was ihr nicht gelang.

»Was ist los? Beruhige dich, Kleines. Ich wollte nur schnell etwas knabbern und einen Schluck Cola trinken. Ich glaube, ich bin total unterzuckert. Nicht gut beim Autofahren. Gleich geht es weiter. Keine Panik. In wenigen Minuten bist du zuhause. Ich wollte dir keinen Schrecken einjagen.« Er hielt ihr einen Pappbecher entgegen. »Hier! Trinke einen Schluck. Das ist gut nach einem anstrengenden Schultag.«

Mit zittriger Hand griff sie nach dem Becher, trank, bevor sie sich einen Keks in den Mund schob, den er ihr reichte. Mit starrem Blick verfolgte sie jede Bewegung des Mannes am Steuer. Mit ruhiger Stimme erzählte er von einem Segeltörn auf der Ostsee, von weiten Stränden und weißen Villen.

Er sprach davon, wie schön es auf Rügen sei, dann fiel ihr der Becher aus der Hand und nach wenigen Sekunden schloss sie ihre Augen. Lächelnd schaute er zu dem Mädchen, das sich nicht mehr rührte. Er hatte sein Ziel erreicht.

Kapitel 26

»Chef!« Aufgeregt lief Anna den Flur entlang.

»Was ist los? Sind Ihnen die Kaffeebohnen ausgegangen?« Hagena saß hinter seinem Schreibtisch und lächelte seine Kollegin an.

»Tammo hat eine Nachricht aus Norden erhalten.«

»Was ist daran so ungewöhnlich?«

»Es gibt eine neue Vermisstenanzeige. Tammo weiß mehr.«

»Okay. Wir bereden alles in der Küche. Kommt Feldmann? Was ist mit dem Kaffee?«

»Kaffee ist fertig. Tammo ist auf dem Weg.«

Hagena und Anna Kramer saßen bereits am Tisch, als Tammo den Raum betrat.

»Sie haben Neuigkeiten?«

»Als Neuigkeiten würde ich das nicht bezeichnen«, sagte Tammo schnell atmend. »Vor wenigen Minuten bekamen wir eine Information der Polizeidienststelle Norden/Norddeich. Eine 18-jährige Schülerin wird seit gestern vermisst. Sie ist von der Schule nicht nach Hause gekommen.«

»Wieder eine Schülerin. Wieder erst 18 Jahre.«

»Bislang verfügen wir nur über spärliche Informationen.

Laut den Norder Kollegen besuchte die Vermisste die gleiche Schule wie die verstorbene Alena Tönjes.«

»Zufall?«, fragte Anna.

»Kann ich mir kaum vorstellen«, sagte Hagena. »Trinken wir einen Kaffee und dann sprechen wir mit den Eltern.«

»Hast du Name und Anschrift?«, fragte Anna.

»Die Vermisste wohnte in Leezdorf. Die genauen Daten schicke ich dir aufs Handy.«

»Frau Kramer, Sie begleiten mich. In 15 Minuten fahren wir zu den Eltern der Vermissten. Tammo, Sie beschäftigen sich weiterhin mit den alten Fällen. Halten Sie mich jederzeit über Ihre Recherche auf dem Laufenden.«

Kapitel 27

Ein etwa 45-jähriger großgewachsener Mann mit geröteten Augen öffnete die Tür.

»Moin, Herr Baumann, wir sind von der Kriminalpolizei Aurich. Ich bin Kriminalhauptkommissar Hagena und das ist meine Kollegin Hauptkommissarin Anna Kramer. Können wir kurz mit Ihnen sprechen?«

»Sie kommen wegen Natalie?«

»Natalie ist Ihre einzige Tochter?«

»Ja. Ich habe die Vermisstenanzeige aufgegeben. Nachdem, was wir alles in der Zeitung gelesen haben, machen wir uns große Sorgen. Eigentlich müsste ich bei der Arbeit sein, aber ich möchte meine Frau heute nicht alleine lassen. Sie ist mit den Nerven am Ende.«

Detlef Baumann führte die Kriminalbeamten ins Wohnzimmer. Helga Baumann kam ihnen weinend entgegen. »Haben Sie unsere Tochter gefunden?«

»Helga, Herr Hagena und Frau Kramer sind von der Kriminalpolizei. Sie kommen aufgrund der Vermisstenanzeige.«

»Ja, ja. Was ist mit Natalie? Geht es ihr gut? Wo ist sie?«

»Setzen Sie sich«, sagte Natalies Vater und zeigte auf eine

Sitzgruppe im Wohnzimmer. »Darf ich Ihnen etwas anbieten?«

»Nein, danke.« Die Kommissare nahmen Platz. »Wann haben Sie zuletzt mit Ihrer Tochter gesprochen?«

»Gestern Morgen habe ich sie zur Straße begleitet. Dann ist sie wie immer mit dem Rad zur Schule gefahren«, antwortete Helga Baumann. Die völlig erschöpfte Mutter hatte sich auf einen Stuhl gesetzt und weinte. Immer wieder trocknete sie mit einem Taschentuch ihre Tränen.

»Könnte es sein, dass Ihre Tochter bei einer Freundin oder einem Freund übernachtet hat?«

»Wir haben alle angerufen. Alle ihre Freunde. Nichts. Niemand hat sie gesehen oder mit ihr gesprochen. Sie müssen sie suchen! Bitte.«

»Helga, beruhige dich. Deshalb ist die Kripo doch da.«

»Was sagen die Lehrkräfte? Haben Sie mit ihnen gesprochen?«

»Heute Morgen. Nichts. Die wissen wie immer von nichts. Absolut nichts.«

»Gab es Streit zuhause, beziehungsweise gab es einen Grund, weshalb Natalie nicht nach Hause gekommen sein könnte? Hatte sie Probleme in der Schule?«

»Sie ist eine gute Schülerin und sie geht gerne zur Schule.« Detlef Baumann sah zu seiner Frau, die zustimmend nickte. »Wir haben ein sehr gutes Verhältnis zu unserer Tochter. Ich kenne keinen Grund, weshalb sie unser Haus meiden sollte. Natalie ist weder eine Partygängerin noch eine Draufgängerin. Sie ist sehr häuslich. Sie besitzt einen Hamster. Sie würde *Jimmy* nie länger als einen Tag alleine lassen. Da muss etwas passiert sein, Herr Kriminalhauptkommissar. Sie müssen Natalie suchen.«

»Könnten Sie uns ein aktuelles Foto von Ihrer Tochter zur Verfügung stellen?«

»Eines habe ich der Polizei in Norden übermittelt. Geben

Sie mir bitte Ihre Mailadresse. Ich werde Ihnen sofort einige Bilder senden.«

»Danke, Herr Baumann.« Hagena erhob sich von seinem Platz, Anna Kramer tat es ihm gleich.

»Werden Sie Natalie finden? Wird Sie zum Abendbrot wieder zu Hause sein?« Fragend blickte Helga Baumann zu den Beamten.

»Liebling, die Kommissare wissen, was zu tun ist. Sie werden uns mit Sicherheit sofort informieren, wenn sie Natalie gefunden haben.«

»Das ist korrekt«, antwortete Hagena. »Auf Wiedersehen!«

HAGENA STIEG, nachdem er sich von den Baumanns verabschiedet hatte, zu Anna ins Auto. »Fahren wir zur Schule. Vielleicht erhalten wir dort Informationen, die uns weiterhelfen.«

Nachdenklich blickte Anna zum Haus der Baumanns. »Schon wieder eine vermisste Schülerin und wir haben keine heiße Spur.«

»Wir tun, was wir können.«

»Reicht das?«

Hagena schwieg für einen Moment. »Fahren Sie nach Marienhafe.«

Kapitel 28

Schulleiter Jörg Westermann saß hinter seinem Schreibtisch. »Das gefällt mir gar nicht, dass Sie mich schon wieder aufsuchen.« Westermann erhob sich von seinem Platz und begrüßtc die Kriminalbeamten. »Ihre Kollegen aus Norden haben mich vor zwei Stunden informiert. Ich kann es kaum fassen. Schon wieder wird eine Schülerin unserer Schule vermisst. Der Tod von Alena Tönjes sitzt mir noch in den Knochen und jetzt diese Geschichte. Hoffentlich geht sie besser aus.« Der Schulleiter streifte mit einem Papiertaschentuch über seine Stirn. »Nehmen Sie Platz. Kaffee?«

»Gerne«, antwortete Anna spontan.

Hastig eilte Westermann zu einer Tür, die in einen Nebenraum führte. Nur wenige Minuten später kam er zurück. »Puh!,« sagte der Schulleiter und atmete kräftig aus. »Kaffee kommt gleich. Meine ganze Dienstzeit in dieser Schule gab es nicht so viel Stress wie jetzt.«

»Herr Westermann, den Klassenlehrer von Natalie Baumann möchten wir gerne sprechen.«

»Klassenlehrerin!« Westermann wiederholte, »Klassenlehrerin«, wobei er die letzte Silbe deutlich betonte. »Natalie Baumann hat eine Klassenlehrerin.«

»Wo finden wir diese Klassenlehrerin?« Anna versuchte, die letzte Silbe ähnlich zu betonen wie der Schulleiter. Gerade wollte Westermann auf diese Anspielung reagieren, als sich die Tür öffnete und Imke Müller mit einem Tablett hereinspazierte. Sie servierte den Kaffee.

»Danke, Imke!«

»Die Klassenlehrerin von Natalie Baumann«, Hagena machte eine kurze Pause. Nachdem die Sekretärin den Raum verlassen hatte, fuhr er fort. »Ist sie zu sprechen?«

»Ja, ja! Wenn Sie Ihren Kaffee getrunken haben, bringt meine Sekretärin Sie zu Frau Siebstock. Noch hat Frau Siebstock Unterricht. Sie haben somit Zeit, Ihren Kaffee in aller Ruhe zu trinken.« Westermann schaute zur Uhr. »Noch acht Minuten. Haben Sie Fragen, die ich Ihnen beantworten kann?«

»Kennen Sie das Mädchen beziehungsweise die Familie Baumann persönlich?«

»Da muss ich passen. Ich kenne einige Schüler und Schülerinnen, aber ...«

»Die Polizei Norden fand das Fahrrad der Schülerin abgeschlossen im Fahrradstand. Können Sie sich erklären, weshalb das Mädchen ihr Rad stehen gelassen hat?«, fragte Hagena.

»Anfang der Woche hat es ordentlich geregnet. Ein Sauwetter, da hätte ich auch nicht mit dem Rad den Heimweg angetreten.«

»Was denken Sie, wie ist das Mädchen nach Hause gekommen? Entschuldigung, ich muss die Frage anders stellen. Sie kam nicht nach Hause. Wo ist sie geblieben? Sie sagten, es hätte heftig geregnet. Ist sie mit dem Bus gefahren?«, fragte Anna.

»Das kann ich Ihnen nicht beantworten. Möchten Sie noch einen Kaffee?«

»Nein, danke!« Hagena und Anna Kramer erhoben sich von ihren Plätzen, nachdem sie ausgetrunken hatten.

»Ich sage Imke Bescheid. Warten Sie auf dem Flur. Frau Müller kommt sofort. Sie wird Sie begleiten. In vier Minuten ist Pause, dann haben Sie auf jeden Fall die Möglichkeit mit Frau Siebstock zu sprechen.«

»Eine Bitte hätte ich noch, Herr Westermann«, warf Hagena ein, »könnten Sie eine Liste der Schüler zusammenstellen, mit denen Natalie Unterricht hatte?«

»Natürlich.«

»Danke, Herr Westermann.«

SIE LIEFEN LANGE FLURE ENTLANG. Links und rechts von ihnen befanden sich zahllose Türen. Die meisten nummeriert, mit Sticker beklebt, beschmiert oder beschädigt. Aus einigen hörten sie Stimmen, manchmal sogar Gelächter. Imke Müller, die Schulsekretärin, öffnete eine Tür mit der Bezeichnung 301, Chemieraum. Vorsichtig steckte sie ihren Kopf durch die halboffene Tür.

»Frau Siebstock! Besuch für Sie! Die Kripo«, flüsterte sie.

»Sie können hereinkommen. Die Schüler sind alle draußen in der Pause. Ich bin hier alleine.«

»Moin! Ich bin Kriminalhauptkommissar Hagena, das ist Hauptkommissarin Anna Kramer. Wir hätten einige Fragen an Sie.«

Erschrocken sah die 42-jährige rothaarige Frau zu den Beamten. »Ist etwas passiert?«

»Sind Sie die Klassenlehrerin von Natalie Baumann?«

»Ja, ja«, hektisch sortierte die Lehrerin Reagenzgläser in ein Holzgestell, »das ist korrekt. Das bin ich. Was ist mit Natalie? Hat sie Probleme?«

»Das möchten wir von Ihnen wissen.«

»Natalie, wie soll ich es sagen, ist eine gute Schülerin. Sie ist manchmal etwas unaufmerksam im Unterricht und sie könnte etwas fleißiger sein, besonders in den naturwissenschaftlichen Fächern, ansonsten ist sie ein liebes Mädchen.«

»Was denken Sie, ist der Grund für diese Unaufmerksamkeit?«

»Jungs. Was denn sonst? In dem Alter haben die Mädchen doch nichts anderes im Kopf.«

»Wann haben Sie Natalie zum letzten Mal gesehen?«

»Weshalb wollen Sie das wissen?«

»Natalie wird vermisst.«

»Jetzt, wo Sie es sagen, stimmt! Ich habe sie heute noch nicht gesehen.«

»Wann haben Sie Natalie zum letzten Mal gesehen?« Anna wiederholte ihre Frage mit Nachdruck in ihrer Stimme.

»Das muss schon drei Tage her sein. Es steht im Klassenbuch. Ja, es war an dem Tag, als ich die Ergebnisse vom letzten Chemie-Test bekannt gegeben habe. Wenn ich mich richtig erinnere, hatte Natalie nur 24 von 35 Punkten. Ich könnte nachsehen, wenn Sie es genau wissen wollen.«

»Nicht nötig. Haben Sie eine Idee, wo sich das Mädchen derzeit aufhalten könnte?«, fragte Hagena.

»Da kann ich Ihnen nicht weiterhelfen. Ich bin die Klassenlehrerin. Was die Schüler außerhalb dieses Raumes machen, entgeht meiner Kenntnis. Sicherlich verbringen die Mädchen viel Zeit mit den Jungs.«

»Können Sie uns Namen nennen?«

»Marcus, Oliver, Ben, Leon, Tobias, Sven, aber es können auch andere gewesen sein.«

»Danke, Frau Siebstock. Das war alles. Wenn Ihnen noch etwas einfällt, informieren Sie uns.« Anna reichte der Lehrerin eine Karte. »Tschüss!«

Hagena, gefolgt von Anna, lief die langen Flure entlang zurück zum Parkplatz.

»Moment, Chef. Ist Ihnen das auch aufgefallen?«

Hagena blieb abrupt vor dem geparkten Dienstwagen stehen.

»Da, Chef. Sehen Sie, was ich sehe? Das Baugerüst ist nicht mehr da.«

»Was wollen Sie damit andeuten?«

»Es ist nahezu zeitgleich mit dem Verschwinden des Mädchens abgebaut worden.«

»Sie denken an diesen Gerüstbauer.«

»Hackmann, er könnte etwas mit dem Verschwinden von Natalie zu tun haben. Warten Sie, Chef. Ich laufe schnell zum Sekretariat und frage nach, wann das Gerüst abgebaut worden ist.« Anna rannte los. Hagena setzte sich ins Auto und wartete. Völlig außer Atem kam Anna nach 10 Minuten zurück.

»Sie sollten mehr Sport treiben. Sie sind ja völlig aus der Puste.«

»Chef, das Baugerüst wurde in den letzten Tagen abgebaut. In dieser Zeit verschwand auch das Mädchen.«

»Es könnte Zufall sein. Wir sollten auf jeden Fall mit den Bauarbeitern sprechen. Eventuell hat einer von denen etwas beobachtet, was uns weiterhelfen könnte« sagte Hagena.

»Und dieser Hackmann? Diesen Typen sollten wir uns vorknöpfen. Ich traue dem Burschen nicht«, sagte Anna und stieg zu ihrem Chef ins Auto.

»Bevor wir losfahren, rufen Sie bitte Tammo an. Wir müssen wissen, auf welcher Baustelle wir diesen Gerüstbauer finden.«

Umgehend bekam Anna die Antwort von Tammo. »Hackmann und seine Kollegen befinden sich auf einer Baustelle im Emder Hafen.«

»Soll ich mit Einsatzlicht fahren?«

»Wäre angebracht, Frau Kramer. Je schneller wir in Emden sind, umso besser.«

. . .

KURZ VOR MITTAG saßen sie in einem geräumigen Baucontainer. Hackmann mit Helm und derber Arbeitskleidung hatte an einem einfachen Tisch Platz genommen. Anna stand hinter Hackmann und Hagena saß dem Gerüstbauer gegenüber.

»Es wird ein 18-jähriges Mädchen aus Leezdorf vermisst. Sie war morgens noch in der Schule in Marienhafe. Jetzt ist sie verschwunden. Wo ist das Mädchen, Herr Hackmann?«, fragte Hagena ohne Umschweife.

»Welches Mädchen? Wovon reden Sie?«

»Sie waren zusammen mit Ihren Kollegen in Marienhafe und haben dort das Gerüst an der Sporthalle abgebaut. Ist das richtig?«

»Ja.«

»Sie waren dort mehrere Tage beschäftigt?«

»Ja.«

»Sie haben ein 18-jähriges Mädchen angesprochen.«

»Nein. Warum sollte ich?«

»Weil sie auf junge Mädchen scharf sind!« Hagena wurde lauter. »Das Mädchen hat Ihnen doch gefallen?«

»Das ist Unsinn, was Sie sagen. Ich habe kein Mädchen angesprochen. Was wollen Sie von mir?«, rief Hackmann. »Ja, es stimmt, ich habe einige Mädchen angesprochen. Das machen wir immer, wenn wir auf dem Gerüst stehen. Wir Männer machen uns einen Spaß, indem wir den Weibern etwas hinterherrufen.«

»Was zum Beispiel?«, wollte Hagena wissen.

»Banale Sachen.«

»Konkreter, Herr Hackmann«, rief Hagena.

»Hallo Zuckermaus. Geile Beine. Toller Hintern. Hast du heute schon was vor? Wie wäre es mit uns zwei? Willst du mal einen richtigen Mann kennenlernen? Und ähnliche Sprüche. Wie gesagt, wir machen das nur aus Jux. Wir ...«

»In meinen Ohren klingt das wie plumpe Anmache«, fiel Anna dem Gerüstbauer ins Wort.

»Herr Hackmann, wir sind hier nicht zum Spaß. Sagen Sie uns, wo das Mädchen ist!«

»Ich weiß nicht, wovon Sie reden.«

»Wo ist das Mädchen?«, brüllte Hagena.

»Ich weiß es nicht. Ich, ich ... fragen Sie meine Kollegen. Ich war die ganze Zeit auf der Baustelle.«

»Gut, wir werden Ihre Aussage überprüfen. In den nächsten Tagen melden Sie sich unaufgefordert bei der Kripo in Aurich. Dort wird Ihre Aussage protokolliert.« Anna reichte dem verdutzten Bauarbeiter eine Karte.

HAGENA UND ANNA blieben noch mehrere Stunden in Emden. Sie mussten weitere sechs Gerüstbauer befragen, die zusammen mit Hackmann in Marienhafe gearbeitet hatten. Nicht alle waren auf der Baustelle im Emder Hafen. Zwei arbeiteten in der Nähe vom Hauptbahnhof. Während der Befragungen bestätigten alle Gerüstbauer die Aussage ihres Kollegen.

»Was sind das für Sitten? Pöbeln diese Typen auf dem Gerüst die Schülerinnen und Lehrerinnen an. Haben die keine anderen Hobbys? Was hatten die für eine Kinderstube?«

»Ich weiß es nicht, Frau Kramer. Ich weiß nur, dass wir heute keinen Schritt weiter gekommen sind.« Unzufrieden mit dem Ergebnis fuhren sie am späten Nachmittag zurück nach Aurich.

Kapitel 29

Während der morgendlichen Besprechung musste Hagena sich erneut der Kritik seines Vorgesetzten stellen. Weder die Recherchen, noch die Befragungen brachten irgendwelche Fortschritte. Kurz vor Mittag kam die Mitteilung, dass eine Schultasche drei Kilometer entfernt von Natalies Elternhaus gefunden worden war. Die Eltern identifizierten das Fundstück. Daraufhin ordnete die Staatsanwaltschaft Aurich eine große Suchaktion an. Das Gebiet rund um den Fundort der Tasche wurde weiträumig abgesucht. Zum Einsatz kamen sowohl Drohnen, ein Hubschrauber der Bereitschaft aus Oldenburg als auch zwei Hunde. Bis zum Einbruch der Dämmerung blieb die Aktion erfolglos.

Tags darauf wurde ein Foto der Vermissten sowie eine detaillierte Beschreibung ihrer Kleidung in den regionalen Zeitungen und den sozialen Medien veröffentlicht. Noch am gleichen Tag erhielt die Polizei 38 Hinweise aus der Bevölkerung, die in den folgenden Tagen abgearbeitet wurden, aber zu keinen neuen Erkenntnissen führten. Natalie blieb verschwunden. Ihre Eltern waren verzweifelt.

Noch einmal befragten Hagena und sein Team die Lehrkräfte der Schule sowie eine Vielzahl von Schülern – ohne

Erfolg. Niemand konnte etwas zum Verbleib der Schülerin sagen. Mitte der Woche meldete sich unverhofft die Polizeidienststelle Starnberg. Ben Dieken, Schulfreund von Alena Tönjes wurde vor dem Haus seines leiblichen Vaters aufgegriffen und befand sich derzeit in Gewahrsam der örtlichen Polizeidienststelle.

Wenige Stunden nachdem der Junge gefasst worden war, erhielten die Auricher das Verhörprotokoll. Daraus ging hervor, dass Ben aus Angst vor seinen Pflegeeltern nach Bayern gereist war. Dort lebte sein leiblicher Vater, den er zuvor nicht kennengelernt hatte. Gleich nach seiner Geburt trennten sich seine Eltern. Die Mutter verfiel dem Alkohol, machte mehrere Entziehungskuren und arbeitete zuletzt in einer Bar in Hannover im Steintorviertel. Der Vater heiratete wieder und lebte seit 17 Jahren mit seiner neuen Familie am Starnberger See. Er wollte seinen Sohn nicht sehen. Grund für die Flucht waren die schlechten Leistungen in der Schule. Die Pflegeeltern hatten ihrem Pflegesohn mit massiven Strafen gedroht, sollte er das Abitur nicht schaffen. Von dem Verschwinden und dem Tod der Schülerin Alena Tönjes wusste er nichts und auch zum Verschwinden von Natalie Baumann konnte er nichts sagen. Laut der Polizeidienststelle Starnberg war der Junge zum Zeitpunkt des Verschwindens der beiden Mädchen mit dem Zug unterwegs nach Bayern. Er konnte dies anhand von Fahrscheinen belegen.

»Ben Dieken kommt somit nicht als Täter in Frage«, erläuterte Hagena, nachdem er das Protokoll gelesen hatte.

»Armer Junge. Er tut mir leid. Was müssen das für Pflegeeltern sein, die solche Drohungen aussprechen«, sagte Anna. »Er ist alleine von Ostfriesland mit dem Zug nach Bayern gefahren und die ganze Strapaze war für die Katz. Sein Vater hat keine Notiz von ihm genommen.«

»Die Suche nach der vermissten Schülerin läuft weiter auf Hochtouren. Anna! Sie und Tammo recherchieren weiter.

Prüfen Sie alle Vermissten- und Mordfälle der letzten Jahre in Niedersachsen. Kontaktieren Sie auch die Kollegen in den anderen Bundesländern. Nicht jeder Fall ist im Zentralrechner erfasst. Ich habe heute ein Meeting mit Doktor Vierkant. Falls es keine neuen Erkenntnisse gibt, sehen wir uns morgen wie üblich zur Besprechung.«

Kapitel 30

Es war am frühen Nachmittag. Tammo erreichte die Meldung zuerst. Kurz nach 14 Uhr traf eine Mitteilung der Polizeistation Südbrookmerland im Kommissariat am Fischteichweg ein. Sofort informierte Tammo seinen Chef. Sieben Minuten später stand Hagena neben Tammo und las die Mitteilung.

»Der Leichnam wurde am Vormittag gegen 11 Uhr von einem Spaziergänger an der Moorstraße in Südbrookmerland gefunden, unweit vom dortigen Moormuseum.«

»Was wissen wir?«, fragte Hagena.

»Es handelt sich um eine weibliche Person. Die Kollegen von der Polizeistation Südbrookmerland gehen von einem Fremdverschulden aus.«

»Weshalb?«

»Sie sagten, so etwas hätten sie noch nie gesehen. Der gesamte Körper der Toten ist mit einer Schicht Farbe bedeckt.«

»Nicht schon wieder«, stöhnte Hagena. »Das darf doch nicht wahr sein. Haben wir es jetzt tatsächlich mit einem Serientäter zu tun? Das hat uns gerade noch in Ostfriesland gefehlt. Wo ist Frau Kramer?«

»Anna sitzt in ihrem Büro und studiert alte Akten.«

»Informieren Sie Frau Kramer. Sie begleitet mich nach Moordorf.«

Tammo reichte Hagena ein DIN A4-Blatt. »Das sind alle Informationen, die wir derzeit haben, einschließlich der Wegbeschreibung.«

»Danke, Tammo. Ich informiere den Staatsanwalt und fahre anschließend mit Frau Kramer zum Fundort der Leiche. Beten Sie, dass es nicht die vermisste Schülerin ist.«

Kapitel 31

Von Aurich fuhren sie über die B 72 und erreichten nach 35 Minuten Moordorf. Die Ortschaft mit über 6.000 Einwohnern war die größte in der Gemeinde Südbrookmerland. Viele Moordorfer waren Pendler. Sie arbeiteten vorwiegend bei den großen Arbeitgebern der Region in Emden oder Aurich, was sich deutlich am Verkehrsaufkommen in den Morgen- und Abendstunden auf den Straßen zeigte. Der Moorweg, eine Straße mit dünner Besiedlung, lag unweit des Moormuseums.

Der ostfriesische Himmel zeigte sich an diesem Vormittag in düsteren Farben. Ein dunkles, schmutziges Blau mischte sich mit weißgrauen Fetzen und nahezu schwarzen Elementen. Im Westen türmten sich Wolken bedrohlich auf, während die Sonne am süd-östlichen Himmel nach Lücken in der Wolkendecke suchte. Sie schaffte es im Laufe des Tages nicht, die Oberhand zu gewinnen.

Nur wenige Häuser, in rotem Klinker erbaut, standen entlang der etwa sechs Kilometer langen und relativ schmalen Straße. Die vorbeirasenden Einsatzfahrzeuge mit Einsatzlicht und Sondersignal hatten die Bewohner aus ihren Häusern gelockt. Neugierig standen sie an der Straße. Angestrengt blickten sie in Richtung Norden. Dort, etwa drei Kilometer entfernt, verließen die Einsatzfahrzeuge die Hauptstraße und folgten einem schmalen Wirtschaftsweg. Hagena fuhr hinter einem Notarztwagen her. Links und rechts der Straße sah er ausgedehnte Grasflächen. Für den Ackerbau war der moorige Boden wenig geeignet. Polizei und RTW parkten an einer Abzweigung. Ein kleiner unscheinbarer Weg führte rechts zu den Wiesen. Eine Sackgasse, wie Hagena später erfuhr. Anna parkte den Dienstwagen hinter einem Streifenwagen. Eine junge Polizistin, die in der Nähe stand, führte die Kriminalbeamten zum Fundort der Leiche.

»Genauso wie neulich. Scheußlich!« Ein Mann im weißen Overall reagierte empört, »wieder alles voller Farbe. Was für eine Schweinerei. Wer macht so etwas?«

»Das ist anders«, entgegnete Anna, als sie näher kam. »Es ist nicht wie in Osteel. Die Leiche ist mit Farbe überzogen, aber alles wirkt nicht so ordentlich geplant und kunstvoll wie bei der jungen Frau aus Marienhafe. Es macht den Eindruck, als wäre der Täter in Eile gewesen.«

»Das sehe ich auch so«, sagte Hagena. »Der Täter war hektisch, unaufmerksam und rüde. Überall sind Farbspuren zu finden.«

»Wer sind Sie?«, fragte der Mann in Weiß mürrisch.

»Kriminalhauptkommissar Hagena und das ist meine Kollegin Frau Kramer.«

»Stimmt. Ich kenne Sie vom letzten Tatort.«

»Der oder die Täter kleckerten überall mit Farbe.« Anna lief auf und ab und betrachtete den Boden. »Die Spur führt hier entlang in Richtung Straße.«

»Vermutlich stand dort das Auto«, sagte der Mann von der Spurensicherung.

Anna kniete neben der Leiche. »Das Grün ist wesentlich dunkler als das Grün beim ersten Opfer. Es ist definitiv nicht die gleiche Farbe«, mutmaßte sie.

»Könnte eine billige Farbe sein«, erwiderte Hagena. »Dem Täter ist womöglich das Geld ausgegangen.«

Hagena lief auf den Mann im weißen Overall zu. »Haben Sie Spuren vom Täter gefunden? Wissen Sie etwas über die Identität der Toten?« Der Angesprochene blieb abrupt stehen, schob die Kapuze seines viel zu großen Overalls zurück und antwortete sachlich und fast ein wenig unfreundlich. »Spuren? Wenig. Kaum Spuren.«

»Können Sie etwas genauer werden? Wer ist diese Frau?«

»Wissen wir nicht. Keine Papiere, kein Handy, keine Kreditkarte, kein Führerschein – nichts.«

»Die Tote muss sofort nach Oldenburg. Wir müssen wissen, wer sie ist und wie sie starb«, entgegnete Hagena.

»Der Bestatter ist unterwegs«, sagte die Polizistin, die noch immer in der Nähe von Hagena verweilte.

Mit einem missbilligenden Gesichtsausdruck betrachtete Anna die Leiche. »Die Rechtsmediziner werden sich freuen, wenn sie schon wieder so eine vollbeschmierte Leiche bekommen.«

»Für die Rechtsmediziner ist dieses Routine, Frau Kramer. Die bekommen noch ganz andere Sachen zu sehen. Das bisschen Farbe wird sie nicht schockieren.«

»Bleiben Sie bitte auf dem Weg.« Der Mann im Overall reagierte nervös. »Wir sind hier noch nicht fertig. Seien Sie vorsichtig. Sie können nicht überall hinlaufen. Treten sie zurück.« Der Mann im Kunststoff-Overall stapfte zur Leiche, beugte sich über sie und fotografierte diese aus verschiedenen Perspektiven. Anschließend dokumentierte er mit der Kamera den Fundort und das nähere Umfeld. Neben einer üblichen Digitalkamera kam auch eine Drohne zum Einsatz.

»Was wurde bislang an Spuren sicher gestellt?« Hagena passten die dürftigen Informationen ganz und gar nicht. »Kann mir jemand mal sagen, was Sache ist?«

»Dort drüben wurden Reifenspuren gefunden«, bemerkte

die junge Polizistin. »Es waren mehrere Spuren. Sie könnten von zwei Fahrzeugen stammen. Auf dem Weg dort drüben lagen verdorrte Pflanzen und etwas Rasenschnitt. Sonst wurde bislang nichts entdeckt, was zum Täter führen könnte.«

»Sie sind gut informiert, Frau ...«, betonte Hagena.

»Thiele ist mein Name. Ich vertrete unseren Chef. Der hat Heuschnupfen. Er wäre hier heute total fehl am Platz. Er sitzt im Büro und koordiniert alles von dort.«

»Dann wünschen Sie Ihrem Chef gute Besserung.«

»Werde ich machen.«

»Eine Frage noch. Wurden die Anwohner befragt?«, fragte Hagena.

»Wir sind hier mit 12 Beamten im Einsatz. Sämtliche Anwohner des Moorweges werden noch heute befragt. Die Staatsanwaltschaft hat zudem veranlasst, dass im Umkreis von 250 Metern alles abgesucht wird. Für die Suche erhalten wir noch Unterstützung von anderen Dienstellen.«

»Danke für die Informationen. Wir fahren zurück nach Aurich. Ich erwarte Ihren Bericht. Auf Wiedersehen.«

NACH EINER KURZEN Besprechung in Aurich setzte sich Anna wieder an ihren Schreibtisch. Hagena suchte Tammo für ein Gespräch in seinem Büro auf.

»Hallo Feldmann! Informieren Sie mich bitte umgehend, sobald sich die Rechtsmedizin gemeldet hat.«

»Sie waren in Moordorf. Soweit ich informiert bin, wurde dort eine Leiche gefunden. War es die Schülerin aus Leezdorf?«

»Nein. Definitiv nicht.«

»Weshalb sind Sie sich so sicher?«

»Größe und Körperbau passen nicht zu der vermissten Schülerin.«

Erleichterung zeigte sich auf Tammos Gesicht. »Ich hatte schon befürchtet ...« Hagena unterbrach seinen Kollegen. »Liegt eine Vermisstenmeldung vor?«

»Ich habe noch einmal alle Meldungen der letzten Wochen durchgesehen. Es wird derzeit keine weibliche Person vermisst, mit Ausnahme der Schülerin aus Leezdorf.«

»Weshalb wird diese Frau von niemandem vermisst?«

»Vielleicht lebte sie alleine.«

»Sprechen Sie mit der Rechtsmedizin. Man soll uns umgehend ein Foto vom Gesicht der Toten übermitteln. Ohne Farbauftrag versteht sich.«

Tammo Feldmann runzelte die Stirn. »So einfach wird das nicht sein. Ich denke, die Rechtsmediziner müssen zunächst das Gesicht fürs Foto noch etwas aufhübschen.«

»Sobald ein akzeptables Bild vorliegt, geben wir es an die Presse. Sprechen Sie mit den Medien. Sie sollen einen Platz reservieren. Das Foto muss unbedingt in die nächste Ausgabe. Wir dürfen keine Zeit verlieren. Je eher wir wissen, wer das Opfer ist, desto besser.«

»Ich werde mich umgehend um ein Foto bemühen.«

»Danke, Tammo, das wäre vorerst alles.«

UNERWARTET SCHALTETE sich Staatsanwalt Doktor Vierkant ein. In einem Gespräch mit Hagena erfuhr er, dass die Identität der Toten vom Moorweg nicht geklärt werden konnte. Doktor Vierkant telefonierte mit der Rechtsmedizin in Oldenburg. Die Obduktion der Leiche aus Moordorf sollte vorgezogen werden. Um 18 Uhr 25 erhielt Tammo eine Mail. Im Anhang fand er die Porträt-Aufnahme des Opfers. Er schickte das Foto sofort zum Staatsanwalt, zu Hagena und zu Anna. Die Kunst der Rechtsmediziner war allen bekannt. Tammo formulierte es in seiner E-Mail so: Die Rechtsmediziner können Tote wieder zum Lachen bringen. Das Gesicht der Leiche aus Moordorf wurde sorgfältig gereinigt und hergerichtet. Für die Fotoaufnahmen wurden Make-up und andere Hilfsmittel genutzt. Den Rachenraum hatte man vermutlich mit Watte ausgestopft, um vollere Wangen zu erzeugen. Außerdem hatten sie nicht mit Rouge gespart. Es lässt das Gesicht der Toten lebendiger aussehen. In Verbindung mit Lipgloss, einem Föhn und dem Einsatz von reichlich Haarspray gaben die Rechtsmediziner der Toten wieder ein ansehnliches, fast lebendiges Aussehen.

Tammo bekam *grünes Licht*. Sofort leitete er das Foto an die Presse weiter. Bereits um 20 Uhr 30 erschien das Bild in den ersten Online-Ausgaben diverser Zeitungen.

Kapitel 32

Die Uhr an seinem Handgelenk zeigte 8 Uhr 40 an. Hagena saß seit geraumer Zeit in der Küche. Anna kümmerte sich wie immer um den Kaffee und Tammo las Zeitung. Hagena spürte den Frust bei seinen Leuten. Seit Wochen sammelten sie Informationen, führten Zeugenbefragungen durch und sprachen mit Angehörigen und dennoch kamen sie keinen Schritt voran.

»Wir warten noch fünf Minuten«, sagte Hagena und füllte seinen Becher erneut. Kaum hatte er diesen Satz ausgesprochen, kam Doktor Vierkant zur Tür herein. »Guten Morgen. Ich habe Ihren Bericht gelesen, Herr Hagena. Ich bin enttäuscht. Ich komme von einer Fachtagung. Nachdem ich zwei sehr anstrengende Tage hinter mir habe, hatte ich andere Nachrichten erwartet. Herr Hagena, ich hoffe, Sie haben noch etwas Positives in petto.«

Hagena stellte seinen Becher zurück auf den Tisch und wollte mit seinen Ausführungen beginnen. Unerwartet hob Tammo die Hand, ohne dabei den Blick von seinem Laptop abzuwenden. »Wenn ich kurz etwas zu der Diskussion beitragen darf.«

»Sie dürfen, Tammo«, erwiderte Hagena.

»Ja, ja, reden Sie Herr Feldmann.«

»Danke, Herr Doktor Vierkant.«

Doktor Vierkant setzte sich an den Tisch, kreuzte die Beine und sah Tammo herausfordernd an.

»Soeben erreichte mich eine Nachricht der Polizei Norden. Dort hat sich vor etwa 30 Minuten eine Frau aus Georgsheil gemeldet. Sie hat den Zeugenaufruf in der Zeitung gelesen und sie ist sich sicher, die Frau auf dem Foto erkannt zu haben. Ihren Angaben zur Folge ist die Tote eine ehemalige Arbeitskollegin von ihr. Die Zeugin arbeitet als Bäckereifachverkäuferin in einer Bäckerei in Moordorf und dort hat angeblich vor vier Monaten auch die Tote gearbeitet. Bei der Toten soll es sich um Doris Hackmann aus Moordorf handeln. Die Norder Polizei hat recherchiert und mir die Adresse mitgeteilt.«

»Das ist mal eine positive Nachricht«, sagte Doktor Vierkant gelangweilt.

»Hackmann? Den Namen kennen wir doch.« Hagena betrachtete etwas verwundert seinen Kollegen.

»Stimmt, Chef«, bestätigte Anna Kramer, »dieser Gerüstbauer, mit dem wir gesprochen haben, heißt doch auch Hackmann. Vielleicht ist er mit der Toten verwandt.«

»Fahren wir nach Moordorf, dann wissen wir mehr. Frau Kramer, Sie begleiten mich.«

»Zwei Personen, um einem einzigen Hinweis nachzugehen, ist das nicht etwas übertrieben?« Doktor Vierkant reagierte missgestimmt.

Hagena antwortete nicht auf die Frage des Staatsanwalts. Er trank seinen Becher aus und verließ den Raum. Anna räumte eilig das Geschirr in die Geschirrspülmaschine. Niemand beachtete Doktor Vierkant, der schmollend auf seinem Stuhl saß. Irgendwann, nachdem Tammo gegangen war, verließ auch er den Raum.

. . .

SIE KANNTEN DIE ADRESSE. Wider Erwarten trafen sie niemanden an. Hagena und Anna klingelten, klopften und riefen. Sie umrundeten das Haus, sahen durch die Fenster und fragten den neugierigen Nachbarn, der wie vor einigen Tagen hinter der Hecke stand und das Treiben der Beamten beobachtete. Er wusste einiges zu erzählen, leider wenig, was der Kripo helfen konnte. Doris Hackmann hatte er mehrere Tage nicht gesehen und Mirko Hackmann, ihr Ehemann, ließ sich nicht auf ein Gespräch ein. »Mit dem kann man kein Wort reden. Das gehört sich nicht unter Nachbarn«, wetterte der Frührentner übellaunig.

»WIR MÜSSEN INS HAUS«, sagte Hagena. »Hackmann ist nicht zu erreichen und seine Frau macht die Tür nicht auf.«

»Glauben Sie, dass etwas passiert ist?«

»Glauben heißt, nichts zu wissen. Ich spreche mit Doktor Vierkant.«

Hagena veranlasste mit Zustimmung der Staatsanwaltschaft eine Hausdurchsuchung. Gleichzeitig wurde Mirko Hackmanns Aufenthalt ermittelt. Die Polizei holte ihn für eine Befragung von einer Baustelle in Westerstede und brachte ihn nach Aurich. Drei Stunden später saß Hackmann im Verhörraum des Dezernats 11 am Fischteichweg.

Das Verhör wurde in Gegenwart von Staatsanwalt Doktor Vierkant geführt. Hagena und Anna Kramer stellten die Fragen. Hackmann bekam einen Becher Kaffee. Ein Getränk, heiß oder kalt, lockerte oft die Atmosphäre. Bereitwillig ließen Zeugen oder Beschuldigte alle Fragen zu und erzählten häufig mehr, als es sich die Beamten erhofft hatten. So auch Hackmann. Er redete von der körperlich schweren Arbeit und von den vielen Problemen mit seiner Frau.

Wiederholt erzählte er, dass seine Frau verreist sei.

»Meine Frau heißt Doris und sie ist bei ihrer Cousine in Bayern.«

»Wir gehen davon aus«, sagte Hagena sachlich, »dass Ihre Frau einem Verbrechen zum Opfer gefallen ist.«

Hackmann reagierte tief bestürzt, als man ihm den Tod seiner Ehefrau offenbarte. Wie ein Kind vergrub er sein Gesicht in den Armen und weinte bitterlich.

»Wie ist sie gestorben?«, fragte Hackmann vorsichtig.

»Das wissen wir nicht. Jedenfalls wurde sie nackt aufgefunden. Ihr Körper war über und über mit einer grünen Farbe bedeckt.«

»Das ist ja grausam. Wer hat Doris das angetan?«

»Das möchten wir von Ihnen wissen.«

»Das, das ... Ich kann Ihnen das nicht sagen. Sie wollte doch ... Sie wollte ihre Schwester besuchen, deshalb war sie ja nicht zuhause. Was soll ich jetzt ihrer Schwester sagen?«

»Die Wahrheit. In der nächsten Woche müssen Sie sich um dic Bestattung kümmern, Herr Hackmann.«

»Ja, das ist richtig. Doris ist ja meine Frau und sie ist tot. Was mache ich jetzt ohne sie?« Hackmann schnäuzte sich. »Meine arme Doris«, schluchzte er, »ich habe sie geliebt. Jetzt bin ich alleine.«

»Herr Hackmann, beruhigen Sie sich«, sagte Hagena, »mein Kollege wird Sie nach Oldenburg begleiten. Sie müssen dort Ihre Frau identifizieren.«

Verwirrt blickte der Gerüstbauer zu den Beamten. »Das kann ich nicht.«

»Es muss sein, Herr Hackmann.«

Hackmann schüttelte den Kopf. »Ich glaube nicht, dass ich das kann.«

»Wir fanden Ihre Frau an einer abgelegenen Stelle im Moor.«

Hackmann fuhr sich mit den Händen durchs Haar,

wischte sich die Tränen aus den Augen und blickte verstört zu Hagena.

»Wie gesagt, war ihr Körper mit grüner Lackfarbe bedeckt. Wir haben einen Durchsuchungsbeschluss für Ihre Garage und Ihr Haus. Werden wir dort Dosen oder Eimer mit der grünen Farbe finden, Herr Hackmann?« Hackmann wurde kreidebleich.

»Ich habe immer etwas Farbe zuhause. In der Garage habe ich ein Regal. Extra nur für Farbeimer, Pinsel und Farbdosen.«

»Wir werden die Farbe analysieren und mit der Farbe vergleichen, die wir an der Leiche Ihrer Frau gefunden haben.«

»Weshalb? Glauben Sie, ich würde meine Frau mit Farbe übergießen?«

»Haben Sie es getan?«

»Nein, natürlich nicht. Ich liebe meine Frau. Ich würde ihr nie ein Leid antun.«

»Dann dürfen wir einen Blick in Ihre Garage werfen?«

»Meine Garage ist oft unverschlossen. Kann sein, dass jemand dort einige Farbeimer geklaut hat. Zum Beispiel mein ewig neugieriger Nachbar.«

»Wie viel Farbe haben Sie in letzter Zeit gekauft? Können Sie uns eine Quittung vom Kauf der Farbe zeigen?«

»Nein. Quittungen bewahre ich nie auf.«

HACKMANN IDENTIFIZIERTE seine Frau und wurde anschließend zu seinem Wohnort gefahren.

»Glauben Sie diesem Typen?«, fragte Tammo nach seiner Rückkehr in Aurich.

»Was ich glaube, ist nicht relevant. Ohne stichhaltige Beweise können wir diesen Mann nicht länger als einen Tag festhalten und das würde uns kaum weiterhelfen«, erwiderte Hagena. »Wir müssen die Ergebnisse der KTU abwarten.«

»Dieser Hackmann hat zwei, eventuell sogar drei Menschen auf dem Gewissen. Der ist nicht ganz dicht im Kopf. Ein Perverser, der es auf wehrlose Frauen abgesehen hat. Wir müssen diesen Kerl stoppen, bevor der noch weitere Frauen umbringt und mit Farbe besudelt.« Aufgebracht sah Anna zu ihrem Chef.

»Frau Kramer, sind Sie mit Ihrem Urteil nicht ein wenig voreilig?«

»Alles spricht für Hackmann als Täter. Wir haben Spuren von Farbe auf seinem Grundstück gefunden und ...«

»Deshalb ist der Mann nicht gleich ein Mörder, Frau Kramer.«

»Irgendetwas stimmt nicht mit diesem Gerüstbauer.« Nachdenklich sah Anna zu Hagena. »Wir sollten ihn im Auge behalten.«

»Wenn ich mich einmischen darf«, Tammo meldetet sich zu Wort. »Ich stimme Anna zu, der Typ erscheint mir auch etwas suspekt, dennoch glaube ich nicht, dass er die Schülerin getötet hat.«

»Weshalb nicht?« Tammo legte die ausgebreitete Zeitung, die er gerade noch intensiv studiert hatte, zur Seite. »Er war immer auf irgendeiner Baustelle. Er kann es nicht gewesen sein. Jedes Mal, wenn eine der Schülerinnen verschwand, stand er auf einem Baugerüst. Mehrere seiner Arbeitskollegen haben das bestätigt.«

»Wir haben es mit zwei Tätern zu tun«, sagte Anna selbstbewusst.

»Zwei Täter? Wie kommen Sie plötzlich zu dieser These?« Fragend blickte Hagena zu seiner jungen Kollegin.

»Der Zustand der beiden Leichen unterscheidet sich deutlich. Das Opfer von Moordorf wurde wahllos, unkontrolliert und vermutlich unter Zeitdruck mit Farbe übergossen. Das erste Opfer hingegen wurde kunstvoll bemalt. Das Opfer von Osteel war, im Gegensatz zu Frau Hackmann, sehr jung und attraktiv, genau wie die derzeit vermisste Natalie Baumann.«

»Was Sie sagen, erklärt einiges«, bemerkte Hagena. »Doris Hackmann könnte von einem Trittbrettfahrer umgebracht worden sein.«

»Genau, Chef. Und dieser Trittbrettfahrer ist Mirko Hackmann.«

»Langsam an, Frau Kramer. Noch können wir ihm nichts nachweisen. Wir müssen weiterhin in alle Richtungen ermitteln, dennoch steht auch für mich fest, dass der Mörder von Alena Tönjes eine Vorliebe für jüngere, attraktive junge Frauen hat. Doris Hackmann passt nicht in dieses Schema.«

ER WUSSTE ZUNÄCHST NICHT, wie er reagieren sollte. Er sah dieses füllige, rundliche Gesicht in der Zeitung. *Wer kennt diese Frau?*, las er auf der vierten Innenseite des Blattes. Für das Porträtfoto einer Person mit geschlossenen Augen hatte man nur eine Spalte übrig. Weshalb interessierte sich die Presse überhaupt für ihre Identität? Aufmerksam studierte er den Text. Nach wenigen gelesenen Zeilen musste er schmunzeln. Hatte tatsächlich jemand sein Vorgehen kopiert? *Dieser Dilettant,* dachte er. Man kann nicht einfach eine Tote mit Farbe übergießen, man muss es zelebrieren.

Ein Künstler wie er ließ sich ungern kopieren, dennoch war er zufrieden. Die Kripo hatte ihn nicht mehr im Visier. Wie auch? Er war gut in dem, was er tat. Entspannt saß er in seinem Hobbyraum, wie er den abgetrennten Bereich des Kellers nannte. Dort, hinter dem Heizungsraum, hatte er sich einen 14 Quadratmeter großen Bereich in Eigenarbeit hergerichtet. Fensterlos, spärlich eingerichtet und immer verschlossen. Nur er besaß einen Schlüssel und diesen trug er immer bei sich.

Gerne, manchmal stundenlang, betrachtete er die Fotos, die an den Wänden hingen. Fotos von seinen Schönheiten. Er hatte sie alle fotografiert und auf hochwertigem Galerie-Fotopapier ausgedruckt und in teuren Alu-Bilderrahmen eingerahmt. Niemand bekam diese Sammlung zu sehen. Es waren seine Kunstwerke und sie erfüllten ihn täglich, wenn er hier unten im Keller war, mit Stolz. Noch gab es weiße Flecken an den Wänden. Bald würde er auch sie mit neuen Bildern von wunderschönen jungen Frauen schmücken.

Kapitel 33

Das Interesse in der Bevölkerung ließ nach. Immer seltener berichteten die Medien über die verschwundene Schülerin, den ungeklärten Mordfall und über die Tote von Moordorf. Sämtlichen Hinweisen aus der Bevölkerung war nachgegangen worden, Wiesen abgesucht, Gewässer überprüft, leerstehende Gebäude kontrolliert und Passanten befragt worden. Die Ergebnisse waren ernüchternd. Nicht nur die Presse, auch die Staatsanwaltschaft erwartete von Hagena und seinem Team endlich Erfolgsmeldungen, doch die blieben nach wie vor aus. Man trat auf der Stelle.

Nach einem verregneten Wochenende trafen sich Hagena, Tammo Feldmann und Anna Kramer zu einer Teambesprechung. Doktor Vierkant ließ sich entschuldigen. Aufgrund einer Muskelzerrung, die er sich bei einem Tennisturnier im österreichischen Bregenzerwald zugezogen hatte, musste er einen Physiotherapeuten aufsuchen.

»Moin!« Hagena betrat als Letzter den Raum. »Ich habe vor wenigen Minuten mit Staatsanwalt Doktor Vierkant telefoniert. Wir sind gleicher Meinung. Mirko Hackmann könnte etwas mit dem Tod seiner Frau zu tun haben. Die Reifenspuren vom Leichenfundort stammen definitiv von Hackmanns Auto und von seinem Pkw-Anhänger. Die Experten sind sich sicher. Farbproben von Hackmanns Grundstück wurden mit der Farbe vom Leichenfundort verglichen. Auch hier landete die KTU einen Treffer.«

»Das sind handfeste Beweise. Ich bin gespannt, was Herr Hackmann uns dazu sagen wird«, sagte Anna Kramer.

»Und noch etwas«, Hagena atmete tief ein, »bei der Hausdurchsuchung wurde im Garten versteckt, unter einer Plane, ein Lkw-Maulringschlüssel gefunden. Ein schweres Teil aus verchromtem Stahl. Obwohl es intensiv gereinigt worden war, konnte die KTU Blutspuren sicherstellen. Blut von Doris Hackmann.«

»Dann sollten wir Herrn Hackmann nochmals verhören.«

»In Absprache mit der Staatsanwaltschaft habe ich heute, in den frühen Morgenstunden, eine Festnahme veranlasst. Hackmann müsste bereits auf dem Weg nach Aurich sein.«

»Dann hatte ich doch den richtigen Riecher. Ich wusste, dass mit dem Typen etwas nicht stimmt«, frohlockte Anna Kramer.

»Was ist los, Tammo? Keine Zeit für ein Frühstück?«

»Ich faste, Chef. Intervallfasten. Vor 11 Uhr darf ich nichts essen.«

»Ist das gesund?«, fragte Hagena besorgt.

»Moment, Chef.« Tammo Feldmann schaute auf seinen Laptop, als dieser plötzlich ein unüberhörbares »Bing« von sich gab. »Ich habe soeben eine Nachricht erhalten.« Feldmann starrte nachdenklich auf den Monitor seines mobilen Rechners.

»Etwas Wichtiges?«

»Ich denke ja, Chef. Mirko Hackmann ist geflohen.«

»Er ist geflohen?« Ungläubig blickte Hagena zu seinem Kollegen.

»Ja. Er hat fluchtartig die Baustelle verlassen, als die Polizei dort eintraf. Das war vor etwa zwei Stunden. Trotz angeforderter Verstärkung ist er den Kollegen entkommen. Hackmann ist auf der Flucht. Niemand kennt derzeit seinen Aufenthaltsort. Die Staatsanwaltschaft ist informiert.«

»Er wird nicht weit kommen«, sagte Anna.

»Da könntest du richtig liegen.« Tammo sah zur Uhr. »Die Polizei observiert bereits sein Wohnhaus, Kollegen aus Emden warten bei seinem Arbeitgeber, zudem sind Autobahnpolizei, Grenzbeamte und sämtliche Polizeidienststellen in Niedersachsen informiert.«

Nachdenklich hörte Anna zu. »Wollen Sie meine Meinung hören, Chef?«

»Natürlich, Frau Kramer.«

»Hackmann hat nicht das Zeug zu einer spektakulären Flucht. Das Ausland kommt für ihn nicht in Frage, das würde ihn überfordern. Er ist bodenständig. So einer verlässt seine Heimat nicht so einfach. Meiner Meinung nach verkriecht er sich irgendwo in der Nähe seines Wohnortes.«

»Möglich.« Hagena erhob sich von seinem Platz. »Wenn er es geschickt anstellt, kann er sich monatelang verkriechen. Insbesondere dann, wenn er sein Verschwinden geplant hat.«

»Ich denke, der ist kopflos geflüchtet. Spontan und ohne Planung«, sagte Anna.

»Das denke ich auch.«

»War Hackmann in einem Verein?«

»Weshalb interessiert Sie das?«

»Entweder ist er bei Freunden untergetaucht, was ich nicht glaube oder er versteckt sich in einem Gebäude seines Vereins. Da ist es warm, trocken und die meiste Zeit ist er dort ungestört.«

»Klingt plausibel«, erwiderte Hagena.

»Kannst du auf die Schnelle herausfinden, ob der Gesuchte Mitglied in einem Verein ist?«, fragte Anna.

Tammo grinste. »Kein Problem. Gib mir fünf Minuten«.

Tammo hämmerte mit flinken Fingern auf der Tastatur seines Laptops.

»Volltreffer! Hackmann ist Mitglied in einem Boßelverein. Der Boßelverein verfügt sogar über ein eigenes Vereinsheim. Ich schicke dir die Adresse auf dein Handy.«

»Dann wissen Sie, was zu tun ist, Frau Kramer«, sagte Hagena und verließ den Raum. »Fahren Sie nach Moordorf. Eine Streife soll Sie begleiten. Wenn Hackmann sich tatsächlich dort versteckt hält, was ich nicht glaube, sollten Sie ihn aufstöbern und von den Kollegen festnehmen lassen.«

»Soll ich Anna begleiten?«

»Das schafft sie schon alleine. Vermutlich ist der Gesuchte ohnehin längst über alle Berge. Der ahnt, was wir von ihm wollen.«

»Soll ich weiter recherchieren?«

»Ja. Wir müssen mit der Recherche dringend vorankommen. Wie weit sind Sie?«

»Mir fehlen noch diverse Akten von anderen Dienststellen. Sie sollen aber in den nächsten Tagen eintreffen.«

»Hoffen wir, dass wir darin eine Spur zum Täter entdecken, bevor es ein weiteres Verbrechen gibt.«

Kapitel 34

Zwei Polizeibeamte warteten in ihrem Wagen am Ortseingang von Moordorf. Anna Kramer hielt kurz, instruierte die Beamten, dann fuhr sie in Begleitung der Polizisten zu dem besagten Vereinsheim. Das Auto von Hackmann war dort nicht zu sehen. Die Polizeibeamten sicherten das kleine Gebäude, das kaum größer als ein Eigenheim war, von zwei Seiten. Wie Anna es vermutet hatte, war die Eingangstür nicht verschlossen.

»Was wollen Sie hier? Das ist Privatgelände. Hier haben Sie nichts zu suchen«, hörte Anna eine kräftige Männerstimme rufen.

»Wer sind Sie?«, fragte Anna den Mann im grünen Overall, der mit großen Schritten auf sie zukam.

»Das möchte ich auch gerne von Ihnen wissen. Was schnüffeln Sie hier herum? Hier gibt es nichts zu klauen!«

Anna zog ihren Dienstausweis aus der Jackentasche und hielt ihn dem Mann vor die Nase. »Hauptkommissarin Anna Kramer. Aurich. Haben Sie einen Mann gesehen, zirka 1 Meter 70 groß, leicht untersetzt und mit kurzen dunkelbraunen Haaren? Etwa 45 Jahre alt. Vermutlich trägt er graue Arbeitskleidung.«

»Nach Ihrer Beschreibung könnte es Mirko sein. Meinen Sie Mirko Hackmann?«

»Ja, den meine ich.«

»Der ist vor etwa einer halben Stunde hier aufgetaucht. Hat er etwas ausgefressen?«

»Wo ist Herr Hackmann?«

»Er sagte, er wäre gerne für einen Moment alleine. Ich glaube, er hatte Stress mit seiner Alten, jedenfalls fühle er sich nicht wohl, sagte er.«

»Kommt das häufig vor, dass jemand sich hier einquartiert?«

»Es ist ein Vereinshaus. Die Mitglieder gehen hier ein und aus. Einige haben einen Schlüssel. Meistens bin ich da und schließe auf. Mein Name ist Heinz Meinke. Ich bin hier der Hausmeister und Mädchen für alles.«

»Ist Hackmann im Vereinsheim?«

»Ja. Ich denke, er ist im Klubraum. Dort stehen einige alte Sofas, ein Automat mit Getränken und ein Fernseher. Wahrscheinlich schaut er sich einen Film an. Weshalb wollen Sie das wissen?«

VORBEI AN TOILETTEN- UND UMKLEIDERÄUMEN lief Anna vorsichtig einen langen Flur entlang. Der Hausmeister lag mit seiner Vermutung richtig. Anna hörte den Ton eines Fernsehers. Saß der Flüchtige vor der Glotze?

Anna näherte sich dem Raum, aus dem die Geräusche zu hören waren. Ohne sich in irgendeiner Art bemerkbar zu machen, öffnete sie ruckartig die Tür. Verblüfft blickte sie in den halbdunklen Raum.

»Verdammt«, rief sie. Der Fernseher lief, auf dem Tisch vor dem dunkelgrünen Sofa stand eine Bierflasche. »Bullshit! Der Typ ist abgehauen.« Anna rannte nach draußen. »Habt ihr Hackmann gesehen?«, fragte sie die beiden Polizisten.

»Nur eine Person mit Kopftuch kam aus dem Gebäude und ist dort entlang gelaufen.«

»Das war Hackmann, ihr Trottel!«

ANNA FORDERTE VERSTÄRKUNG AN. Zusammen mit vier weiteren Polizeibeamten suchte Anna den ganzen Vormittag nach dem mutmaßlichen Täter. Sie liefen durch Wohnsiedlungen, schauten in Gärten und fragten Anwohner.

Anna lief durch eine Neubausiedlung. Menschen sah sie nicht, nur ein spielendes Kind. »Hast du jemanden vorbeilaufen sehen?«, fragte Anna die Kleine, die im Sandkasten hockte und mit Eimerchen und Schaufelchen spielte. Sie war vermutlich drei oder vier Jahre alt. Mit piepsiger Stimme sagte sie: »Ich darf dir das nicht sagen.«

Anna lächelte. »Mir darfst du alles sagen. Ich bin von der Polizei.«

»Wo ist deine Mütze?«

»Ich trage keine Mütze.«

»Dann sage ich dir auch nichts.«

»Bitte, bitte«, flehte Anna.

»Okay«, piepste die Kleine, »der Mann hat sich dort hinten in dem Gartenhaus versteckt. Ich darf dir das aber nicht sagen.«

»Hey!«, rief eine schrille Stimme, »lassen Sie mein Kind in Ruhe, sonst rufe ich die Polizei.«

»Nicht nötig. Ich bin von der Polizei.« Anna hielt ihren Ausweis in Richtung der Frau, die in der offenen Tür eines Bungalows stand. Eilig holte sie ihr Kind aus dem Sandkasten und verschwand im Haus. Die Kleine weinte.

Anna gab den Kollegen, die in Sichtweite waren, ein Zeichen, dann näherten sie sich gemeinsam von drei Seiten dem Gartenhäuschen auf dem Nachbargrundstück.

»Hackmann! Mirko Hackmann, kommen Sie raus«, rief Anna laut. »Wir wissen, dass sie dort drin sind.«

Nichts passierte. Anna und sechs Polizeibeamte standen mittlerweile im Halbkreis, drei Meter von dem Holzhaus entfernt und blickten gespannt auf die Tür. Wann würde sie sich öffnen?

»Glauben Sie dem Kind?« Ein Beamter lachte. »Die Kleine hat Sie veräppelt.«

»Hackmann, kommen Sie heraus!«, rief Anna ein weiteres Mal. »Mein Name ist Hauptkommissarin Anna Kramer. Versuchen Sie nicht, abzuhauen, das Gartenhaus ist umstellt.« Plötzlich knackte es, als würde jemand mit den Händen einen trockenen Ast durchbrechen, dann öffnete sich langsam die Tür des Gartenhäuschens. Zaghaft und ängstlich kam Hackmann in kleinen Schritten nach draußen. Die Hände hatte er, wie er es aus zahllosen Krimis kannte, erhoben.

»Hände runter«, motzte Anna, »wir sind hier nicht in einem Western.« Verstört blickte der Gesuchte auf die zahlreichen Beamten, dann nahm er die Hände herunter. »Stellen Sie sich dort hin«, befahl ein Polizeibeamter, »mit dem Gesicht zur Wand. Spreizen Sie die Beine.« Hackmann folgte bereitwillig den Anweisungen.

»Ich, ich .... Ich kann das erklären.«

»Das wäre zu hoffen«, sagte Anna.

»Wir werden Ihnen jetzt Handschellen anlegen.«

»Weshalb? Nur weil ich von der Baustelle abgehauen bin?«

»Vorschrift. Erklärungen erhalten Sie in Aurich.« Bereitwillig reckte Hackmann die Hände hinter seinen Rücken. Dann klickten die Handschellen.

»Was jetzt? Muss ich ... Muss ich ins Gefängnis?«, stotterte Hackmann.

»Kommen Sie, Herr Hackmann. Wir fahren nach Aurich. Mein Chef wartet schon auf Sie.« Nachdem man ihn auf

Waffen untersucht hatte, führten zwei Polizeibeamte den Gerüstbauer ab. Ohne Widerstand ließ sich Hackmann zu einem Polizeiwagen geleiten. Anna atmete tief durch, als der Flüchtige endlich im Wagen saß.

Die Polizeifahrzeuge fuhren mit Einsatzlicht davon. Anna blieb zurück. Erschöpft setzte sie sich auf eine Bank, die unweit des Häuschens in einem gepflegten Garten stand. »Das wäre geschafft«, seufzte sie und blickte zu einem Rentnerpaar, das 20 Meter entfernt verstört in der Tür ihres Hauses stand. »Es ist alles in Ordnung!«, rief Anna. »Der Mann stand mit seinem Auto im Halteverbot. Sie können wieder ins Haus gehen.« Anna zog ihr Smartphone aus der Tasche. »Ich verschwinde gleich, sobald ich meinen Chef informiert habe.«

»Wer sind Sie?«, rief der fassungslose Rentner.

»Ich bin eine Kriminalbeamtin aus Aurich. Machen Sie sich keine Sorgen. Wir haben alles im Griff. Schönen Tag noch!« Der Alte verschwand, seine Frau folgte.

Anna wählte Hagenas Nummer. »Chef! Ich habe ihn. Mirko Hackmann ist auf dem Weg nach Aurich.«

»Gut gemacht, Frau Kramer. Sehr gute Arbeit«, lobte Hagena.

STOLZ über ihren Erfolg verließ Anna den Garten des Rentnerpaares, das noch immer hinter der Gardine am Fenster stand und sie beobachtete. Anna winkte, lief zurück zum Sportheim, setzte sich in ihr Auto und fuhr zur nächsten Tankstelle. *Nach dem Lob, habe ich mir auf jeden Fall eine kleine Belohnung verdient,* dachte sie, lächelte und betrat den Tankstellenshop.

»Moin! Ich hätte gern einen Coffee to go, einen Donut, einen Powerriegel und den da.« Anna zeigte auf ein Regal mit Souvenirs, Krimskrams und Spielzeug.

. . .

ZEHN MINUTEN später hielt Annas Wagen vor dem Haus mit dem Sandkasten. Nachdem sie mehrfach geklingelt hatte, öffnete sich die Tür.

»Moin! Mein Name ist Anna Kramer. Ich wollte mich entschuldigen. Ich weiß, ich hätte ihre kleine Tochter nicht so einfach ansprechen dürfen. Tut mir leid. Sie hat uns aber sehr geholfen.« Verwundert hörte die Frau mit dem kleinen Mädchen auf dem Arm Anna zu. Sie lächelte, als Anna geendet hatte.

»Ich bin immer etwas vorsichtig, wenn Fremde am Zaun stehen, unser Haus betrachten oder unser Kind ansprechen.«

»Verständlich«, erwiderte Anna.

»Möchten Sie hereinkommen? Wir trinken gerade Tee.« Anna schüttelte den Kopf. »Ich muss zurück nach Aurich.«

»Was war los? Haben Sie jemanden gesucht?«

»Nichts Spektakuläres. Sie werden es in den nächsten Tagen in der Zeitung lesen.«

»Ach so.«

»Das ist für dich.« Anna reichte dem kleinen Blondschopf einen 40 Zentimeter großen braunen Teddybären.

»Was sagt man?«

»Danke«, kam es zaghaft und leise aus dem Mund der Kleinen.

»Keine Ursache. Du hast dir den Teddy verdient. Alle Gute für dich.«

Anna verabschiedete sich. »Beim nächsten Mal trinke ich eine Tasse Tee mit. Tschüss!« Sie stieg in ihren Wagen und fuhr zügig zurück nach Aurich.

Kapitel 35

Hackmann wurde von zwei Polizeibeamten ins Verhörzimmer geführt, dort nahm man dem Bauarbeiter die Handschellen ab. Schweiß tropfte von dessen Stirn auf den grauen Tisch vor ihm.

»Wissen Sie, warum Sie hier sind?«, fragte Kriminalhauptkommissar Jan Hagena.

Hackmann schüttelte den Kopf. »Weil ich von der Arbeitsstelle abgehauen bin?«

»Ihre Kollegen behaupten, Sie wären fluchtartig vom Baugerüst gesprungen, zu Ihrem Auto geheilt und rasant davongefahren, als die Polizei kam.«

»Weil, weil ... Ich sah die Polizei und ...« Hackmann suchte krampfhaft nach den richtigen Worten.

»Was hatten Sie zu befürchten?«

»Wenn ich die Polizei sehe, gerate ich immer in Panik.«

»Ich sage Ihnen den Grund für Ihr Verhalten: Sie hatten Angst. Angst aufgrund einer Straftat, die Sie vor kurzem verübt haben.«

»Ich habe nichts gemacht, Herr Kommissar. Eine Straftat schon gar nicht.«

»Herr Hackmann, sagen Sie uns die Wahrheit. Es ist

immer von Vorteil, alles zu sagen. Mit Lügen und Ausreden kommen wir hier nicht weiter.«

»Es ist die Wahrheit.«

»Sagen Sie uns, wo sich Ihre Frau in den Tagen vor ihrem Tod aufgehalten hat.«

»Das weiß ich nicht. Sie wollte verreisen. Zu ihrer Schwester. Ich kam von der Arbeit und das Haus war leer. Sie hatte keine Nachricht hinterlassen.«

»Wenn ich mich richtig erinnere, haben Sie Ihre Frau zum Bahnhof gebracht.«

»Ja. Ich habe sie zum Zug gebracht.«

»Gerade sagten Sie, dass Sie nach Hause kamen, und das Haus war leer. Was stimmt jetzt, Herr Hackmann?«

»Sie war weg. Ich konnte sie über ihr Handy nicht erreichen. Vermutlich wollte sie auch nicht mit mir reden.«

»Sie wollte nicht mit Ihnen reden? Weshalb nicht?«

»In letzter Zeit gab es oft Zoff. Meiner Meinung nach gab sie seit geraumer Zeit viel zu viel Geld aus. Sie war nur zuhause und hat nicht gearbeitet. Immer wieder bestellte sie unnütze Sachen im Internet. Täglich kamen Pakete. Ich war sauer und habe sie zur Rede gestellt.«

»Wie hat Ihre Frau reagiert?«, fragte Hagena.

»Sie hatte kein Einsehen. Und dann ist sie zu ihrer Cousine gefahren. Die wohnt in Bayern.«

»Dort ist sie nie angekommen. Wir haben uns erkundigt. Die Cousine hat seit zwei Jahren keinen Kontakt mehr zu Ihnen und Ihrer Frau.«

Hackmann schluckte.

»Dann ist Doris vor ihrem Tod zu ihrem Bruder gefahren.«

»Nein, Herr Hackmann. Dort war sie seit Monaten auch nicht mehr.«

»Sagen Sie uns die Wahrheit, Herr Hackmann. Weshalb haben Sie Ihre Frau getötet?«

»Ich, ich habe Doris nicht getötet«, stammelte der Angesprochene. »Ich liebte meine Frau. Weshalb sollte ich sie umbringen?«

»Herr Hackmann, wir haben Reifenspuren am Fundort der Leiche gefunden. Reifenspuren von Ihrem Auto und von Ihrem Autoanhänger. Zudem fand die Spurensicherung auf der Ladefläche des Anhängers Blut und Haare Ihrer Frau.«

Hackmanns Shirt zeigte deutliche Spuren von Schweiß. Der Mann aus Moordorf kämpfte gegen die Hitze, die seinen Körper durchflutete. Mit hochrotem Kopf saß er am Tisch und bestritt weiter jeden Vorwurf.

Hagena hatte sich zwischenzeitlich einen Kaffee besorgt und saß jetzt dem mutmaßlichen Täter entspannt gegenüber. Dieser schaukelte auf seinem Stuhl hin und her.

»Wir haben Farbreste im Labor analysieren lassen. Farbreste, die an einem Spaten klebten, den wir in Ihrem Garten sicherstellen konnten.« Hackmann reagierte nicht. Desinteressiert spielte er mit einem Knopf seiner Jacke.

Hagena legte ein Foto vom Leichenfundort auf den Tisch. »Sehen Sie die grüne Farbe am Körper Ihrer Frau? Diese Farbe, die Farbe vom Spaten und die Farbe aus Ihrer Garage sind absolut identisch.« Hagena zeigte mit dem Finger auf das Foto. »Unsere Fachleute irren sich nicht.« Hackmann sah Hagena an, als würde ihn das nicht im Geringsten tangieren.

»Ich möchte jetzt nach Hause«, sagte er, »ich habe alles gesagt, was ich weiß. Ich bin müde.« Hackmann gähnte. »Morgen muss ich wieder zeitig zur Arbeit.«

»Herr Hackmann, Sie verkennen die Situation. Sie werden des Mordes an Ihrer Frau beschuldigt«, meldete sich der Staatsanwalt zu Wort.

»Nur wegen dem bisschen Farbe soll ich noch hierbleiben?« Hackmann verzog sein Gesicht zu einer Grimasse, kratzte sich mehrfach an der Nase und entgegnete mit einer unverhofften Selbstsicherheit. »Da ... Da sind sie aber total auf dem Holzweg«, stotterte der Beschuldigte. »Wenn sie mich nicht nach Hause lassen, dann, dann will ich mit einem Rechtsanwalt sprechen. Das ist mein gutes Recht.« Zufrieden über seine findige Antwort, lehnte der Beschuldigte sich selbstgefällig zurück.

»Sie, Herr Hackmann!«, Hagena fuhr unerwartet von seinem Platz hoch, baute sich vor dem Gerüstbauer auf und schrie ihn an. »Sie haben Ihre Frau brutal getötet, sie nachts wie ein räudiges totes Tier im Moor abgelegt und Sie haben Ihre Frau bis zur Unkenntlichkeit mit grüner Farbe besudelt! Sie sind ...«

»Moment, Herr Hagena. Nicht in diesem Ton.« Doktor Vierkant versuchte, den aufgebrachten Ermittler zu beruhigen. »Der Mann hat Recht, er kann, wenn er möchte, juristischen Beistand verlangen.«

Man sah Hackmann an, dass ihm der Einwand des Staatsanwaltes gefiel.

»So kommen wir hier nicht weiter«, sagte Doktor Vierkant. »Alles spricht gegen Sie, Herr Hackmann. Was haben Sie uns zu sagen?«

MIT DEM TOD seiner geliebten Frau, so beteuerte Hackmann, habe er nichts zu tun. Sie wäre sein Ein und Alles gewesen, sagte er unter Tränen. »Herr Staatsanwalt, das müssen Sie mir glauben. Doris war die Liebe meines Lebens.«

Mehr als vier Stunden wurde Hackmann an diesem Tag vernommen. Der Gerüstbauer blieb bei seiner Aussage: »Ich habe Doris nicht umgebracht.« Mit hochrotem Kopf saß er am Tisch und bestritt weiter jeden Vorwurf.

»Chef, könnten Sie kurz kommen?« Tammo stand in der halboffenen Tür.

»Ich komme.« Hagena erhob sich von seinem Platz und folgte Tammo.

»Was gibt es, Feldmann?«

»Das habe ich soeben erhalten.« Tammo Feldmann hielt eine Mappe in der Hand.

»Was ist das?«

»Die Abschlussberichte von Rechtsmedizin und KTU. Die Kopfverletzung war nicht die Todesursache. Doris Hackmann wurde definitiv erstickt.«

Hagena nahm die Mappe und überflog die acht Seiten, so wie die dazugehörigen Analysen und Laborberichte.

»Das sind gute Nachrichten. Genau das hat mir gefehlt. Ich bin gespannt, wie Hackmann reagiert, wenn ich ihn damit konfrontiere. Vielleicht kommen wir doch noch zeitig nach Hause.«

Sichtlich entspannter als zuvor betrat Hagena nach acht Minuten erneut den Verhörraum. Anna hatte zwischenzeitlich Doktor Vierkant einen Tee zubereitet.

»Das sollten Sie sich ansehen, Herr Doktor Vierkant.« Hagena reichte dem Staatsanwalt die Mappe und setzte sich an den Tisch.

Unruhig, die Finger ständig in Bewegung, sah Hackmann interessiert zu den Männern. Doktor Vierkant studierte ohne Regung den Inhalt der Mappe. Hagena wartete. »Fahren Sie fort«, sagte Doktor Vierkant nach einer Weile und gab die Mappe an den leitenden Ermittler zurück.

»Herr Hackmann, sagen Sie uns endlich die Wahrheit«, begann Hagena die weitere Vernehmung. »Uns liegen jetzt alle Fakten und Analysen vor. Daraus geht hervor, dass Sie Ihre Frau mit einem schweren Schraubenschlüssel den Schädel eingeschlagen haben. Ihre Frau verlor daraufhin das Bewusstsein, war aber noch nicht tot. In Panik nahmen Sie ein Kissen und drückten es ihr auf das Gesicht.«

»Nein, ich, ich ...« Hackmann rang nach Worten.

»Herr Hackmann, die Rechtsmediziner fanden Stofffasern in den Luftwegen und in der Lunge Ihrer Frau. Stofffasern, die identisch sind mit Fasern eines Kissens aus Ihrer Wohnung. Wir fanden sowohl am Schraubenschlüssel als auch am Sofakissen Blut und DNA Ihrer Frau sowie DNA von Ihnen.«

»Das kann nicht sein«, jammerte der Gerüstbauer.

»Nachdem Sie Ihre Frau getötet hatten, haben sie den leblosen Körper mit einer Schubkarre nach draußen befördert. Wir fanden Blutspuren auf dem Blech der Schubkarre. Spät abends verfrachteten Sie den Leichnam Ihrer Frau auf Ihren Autoanhänger und bedeckten den leblosen Körper mit Gartenabfällen. Ein Nachbar hat gesehen, wie Sie im Dunkeln draußen hantierten. Die Uhrzeit entspricht in etwa dem Todeszeitpunkt Ihrer Frau. Kurz danach sind Sie mit dem Auto weggefahren. Ungefähr eine halbe Stunde später wurde Ihr Wagen von Spaziergängern gesehen, wie er in einen schmalen Wirtschaftsweg einbog, etwa fünf Kilometer vom Moormuseum Moordorf entfernt. Dort haben Sie Ihre tote Frau abgelegt und anschließend mit Farbe übergossen. Farbe, die wir auch in Ihrer Garage gefunden haben, Herr Hackmann.«

Hackmann ließ seinen Kopf auf die Tischplatte sinken. Er seufzte, stöhnte, jammerte minutenlang wie ein Kind, das man beim Stehlen erwischt hatte, dann legte er unter Tränen ein umfassendes Geständnis ab. Trotz allem betonte er immer wieder seine Unschuld. Seine Frau hätte ihn zu dieser Tat getrieben.

»Eine Frage habe ich noch, Herr Hackmann: Haben Sie Alena Tönjes getötet und ein weiteres Mädchen entführt?«

Verdutzt, als hätte er die Frage nicht verstanden, blickte Hackmann zu Hagena.

»Alena Tönjes? Sie meinen dieses tote Mädchen aus dem

Fernsehen? Nein. Ich habe kein Mädchen getötet und auch nicht entführt. So etwas tue ich nicht.«

»Bringen Sie Herrn Hackmann raus«, sagte Hagena zu den Polizeibeamten, die an der Tür standen. »Wir sind hier fertig.«

MIT WOHLWOLLEN LAS er von der Festnahme des Bauarbeiters. Dieser hatte gestanden, seine Frau getötet, im Moor abgelegt und mit Farbe übergossen zu haben.

»Du hast es verdient, dass man dich hinter Gittern bringt«, schimpfte er, »du armseliger Tölpel. Dummheit muss bestraft werden.«

Er saß in seinem Keller. Die Tür hatte er verriegelt. Neugierig studierte er einige regionale Zeitungen. Unaufgeregt, nahezu entspannt legte er sie nach zwei Stunden in einen alten Umzugskarton.

Leise Musik tönte aus den Lautsprechern, als er sich aus seinem Sessel erhob. Wie bei einer Vernissage schritt er an den Wänden entlang und betrachtete Bild für Bild, Motiv für Motiv. Es waren seine Werke. Einem Kunstkenner gleich, prüfte er mit geschultem Blick, Proportionen, Ausdruck und Bildkomposition.

Mit jedem Tag, jeder Woche und jedem Jahr baute er eine engere Beziehung zu seinen Werken auf. Er hatte das Gefühl, dass jedes Bild zu ihm sprechen würde. Er war der Schöpfer dieser Kreationen. Ein Genie, der Meisterwerke von ungewöhnlicher Schönheit geschaffen hatte. Ein Jahrhunderttalent. Er reihte sich ein zwischen Künstlern, wie Warhol, Dali, Picasso und Lichtenstein. Er wollte, so sein Bestreben, der Welt einzigartige Bilder hinterlassen. Bilder, die ihn unsterblich machen würden. Wie viele andere Künstler suchte auch er nach dem perfekten Motiv, nach dem ausdrucksstärksten Gesicht und nach dem vollendeten Körper. Er wollte ein außerordentliches, beispielloses Werk schaffen. Ein Werk, schön und ästhetisch wie es noch niemand vor ihm erschaffen hatte. Er war besessen von dieser Idee. Noch war er nicht am Ziel. Seine Suche nach der perfekten Schönheit würde weitergehen. In den nächsten Tagen wollte er seine künstlerische Tätigkeit fortsetzen.

ER SETZTE SICH. Entspannt streckte er sich auf seinem Ledersessel aus, legte die Beine hoch und genoss die Musik, die aus den Lautsprechern seiner Hifi-Anlage drang. Eine Klaviersonate von Chopin. Inspiration pur. Er fühlte sich gut, nahm einen Schluck Rotwein, lehnte sich zurück und schloss die Augen.

Bald, dachte er, *werde ich meine Galerie mit einem wunderschönen Motiv vervollständigen.*

Kapitel 36

Die Besprechung fand eine Stunde später statt als gewöhnlich. Alle waren sichtlich gezeichnet von den Strapazen der letzten Tage, dennoch konnten sie sich keine Verschnaufpause gönnen.

»Moin!«, sagte Doktor Vierkant schroff und setzte sich mit verschränkten Armen und ernster Miene an den Tisch. Hagena folgte. Er setzte sich neben Tammo Feldmann. »Wie Sie wissen«, sagte er, während er an seinem Kaffee nippte, »hat Mirko Hackmann den Mord an seiner Ehefrau gestanden. Vom Tod an der 18-jährigen Alena Tönjes distanziert er sich. Ebenso kann er uns nichts zum Verschwinden der Schülerin Natalie Baumann sagen.«

Anna löffelte ihren Joghurt. »Für mich war der Typ von Anfang an nur ein Trittbrettfahrer.«

»Hackmann gab zu, dass die Berichterstattungen über den Mord an der Schülerin aus Greetsiel ihn zu dieser Tat bewogen haben. Er wollte die Tötung seiner Frau einem Serientäter in die Schuhe schieben, deshalb entkleidete er das Opfer und übergoss es mit Farbe«, erläuterte Hagena.

»Wie ich bereits vor Tagen gesagte habe, der Typ ist ein Nachahmungstäter.«

»Ich stimme Anna zu«, meldete sich Tammo Feldmann zu Wort, »dieser Hackmann war nur ein Profiteur. Er nutzte den widerwärtigen Mord an der Schülerin als Vorlage für sein grausiges Vorhaben.«

»Korrekt, Herr Feldmann. Ich stimme Ihnen voll und ganz zu«, äußerte sich unverhofft Doktor Vierkant, »wir sollten von einem weiteren Täter ausgehen.« Er räusperte sich hörbar und fuhr fort. »Herr Hagena, Sie wissen, was zu tun ist. Die Bevölkerung erwartet Ergebnisse. Ich wünsche Ihnen einen guten und erfolgreichen Tag.« Doktor Vierkant verließ kurzerhand den Raum. Wie immer hatte er es eilig.

»WIE WEIT SIND Sie mit Ihrer Recherche, Tammo?«

»Frau Kramer und ich haben uns mit Kollegen in ganz Niedersachsen, Schleswig-Holstein, Bremen, Hamburg und Nordrhein-Westfalen kurzgeschlossen. Man hat uns Akteneinsicht zugesagt. Einiges konnten wir bereits sichten, einiges fehlt noch. Wir erwarten, dass die fehlenden Akten in den nächsten Tagen eintreffen.«

»Okay, Tammo.« Hagena erhob sich von seinem Platz und lief zur Tür. »Das bedeutet, wir müssen uns noch etwas gedulden. In der Zeit macht jeder seine Arbeit wie bisher. Sprecht mit Zeugen, befragt Anwohner und Spaziergänger. Verfolgt jede Spur und wenn die Spur noch so klein und unbedeutend erscheinen mag. Alles ist wichtig. Viel Erfolg.«

NUR SELTEN LAS Hagena noch die Zeitung. Er wusste, die Bevölkerung Ostfrieslands war unzufrieden mit der Arbeit der Kriminalpolizei. Gerne hätte er eine Erfolgsmeldung präsentiert. Seit der Verhaftung und dem Geständnis von Hackmann waren zwei Wochen vergangen. Nahezu täglich musste Doktor Vierkant den Anfragen der Medien ausweichen. Selbst der wortgewandte Staatsanwalt musste bei manchen Fragen der Journalisten passen. Er konnte den Medien nichts Neues erzählen. Seinen Frust über diese Situation ließ er Hagena jeden Tag spüren.

Kapitel 37

Er hatte das Verhalten der Schülerinnen beobachtet. Nach der Schule standen sie oft in Gruppen zusammen, liefen gemeinsam zu den bereitstehenden Bussen und fuhren damit nach Hause. Nur wenige gingen zu Fuß, fuhren mit dem Fahrrad oder wurden abgeholt.

Oft fuhr er mit dem Wagen seiner Frau durch die Region. Er sah, wie Schulkinder an den Bushaltestellen warteten. Die Schüler und Schülerinnen des Störtebeker-Gymnasiums kamen aus ganz Brookmerland und aus Teilen der Krummhörn. Eine dünnbesiedelte Region, von Landwirtschaft geprägt, mit wenigen Handwerksbetrieben und ohne Großindustrie. Die meisten Brookmerländer und Krummhörner waren Pendler. Sie arbeiteten in Aurich, Emden oder Norden. Seltsamerweise fuhren nur wenige Arbeitnehmer mit dem Bus. An den Haltestellen sah er morgens nur Schüler. Einige Haltestellen befanden sich in den Ortschaften, andere einsam an schmalen Landstraßen, weit entfernt von der nächsten Siedlung. Er war sich sicher, hier würde er sie finden. Jeden Morgen, vor sieben, war er unterwegs. Seine Inspiration, sein Verlangen und seine Sehnsucht trieben ihn durchs Umland.

Endlich, an einem Montagmorgen, sah er sie. Sie hieß

Mia. Er kannte das Mädchen flüchtig. Sie war, wie viele andere in ihrem Alter, Schülerin des Marienhafener Gymnasiums. Eine großgewachsene, anmutige Person mit einer, wie er sich selber immer wieder sagte, anziehenden Erotik. Mehrfach fuhr er frühmorgens mit dem unauffälligen Wagen seiner Frau die Straße entlang. Eine schmale Landstraße, die von Wirdum nach Marienhafe führte. Immer sah er sie dort alleine an der Bushaltestelle stehen und warten. Er hatte sich erkundigt. Er kannte den Fahrplan der Busse.

Er war fasziniert von dem Mädchen. Ihre wuscheligen dunklen Haare, ihre vollen Lippen, die schlanke, anmutige Figur und die vollen Brüste verkörperten das, was er von seiner Gespielin erwartete. Er mochte diesen Typ von Frau. Diese jungen Mädchen waren anders als die 40- oder 50-Jährigen. Er genoss ihre Naivität, ergötzte sich an ihrer makellosen Haut und verzehrte sich nach ihrer vollendeten Schönheit. Jedes Mal, wenn er an der Bushaltestelle vorbei fuhr, sie dort stehen sah, musste er sich beherrschen. Noch war der richtige Zeitpunkt nicht gekommen. Das Wetter war zu gut, doch Änderung war in Sicht. Der Wetterbericht prophezeite für die kommenden Tage ein kräftiges Tief. Es sollte von Westen kommen, Wind und viel Regen mit sich bringen. *Ideal* dachte er und fuhr zur Arbeit.

HAGENA WURDE WACH. Regen prasselte gegen die Fensterscheiben. Eilig kroch er aus dem Bett und schloss das Oberlicht. Besonders zu dieser Jahreszeit schlief er häufig bei offenem Fenster. Die letzten Wochen waren sonnig und warm gewesen, so dass sich das alte Bauernhaus, kaum isoliert, mit der Zeit aufheizte. Immer wenn Hagena zu Hause war, öffnete er morgens zeitig alle Fenster und ließ den spärlichen Wind, der in den letzten Wochen in Ostfriesland herrschte, durch die Räume wehen. An diesem Morgen, es war 4 Uhr, stürmte es. Es war kein Sturm, wie man ihn aus dem Herbst kannte, dennoch war der Wind merklich zu spüren und zu hören. Er pfiff laut ums Haus und ließ die alten Türen klappern. Die Birken im Garten bogen sich unter den heftigen Böen und draußen bildeten sich überall große Pfützen. Hagena öffnete die Tür und ließ den pitschnassen Kater ins Haus. Hagena war nicht der Einzige in Ostfriesland, der an diesem verregneten Morgen zeitig wach war.

EIN LÄCHELN FLOG über das Gesicht des Mannes, der seit Wochen nahezu jeden Morgen mit dem Auto seiner Frau über einsame Straßen fuhr. Er sah, wie dicke Regentropfen die Fensterscheiben herunterliefen. Der Wetterbericht hatte Recht behalten: Es regnete. *Endlich*, dachte er.

»Weshalb stehst du schon auf?«, hörte er seine Frau fragen, als er aus dem Bett kroch und das gemeinsame Schlafzimmer verließ. »Es ist noch nicht einmal halb sechs.« Er antwortete nicht, nahm seine Kleidung, die er sorgsam am Abend auf einen Stuhl neben der Tür gelegt hatte, und ging ins Badezimmer. Etwa 40 Minuten später hörte sie im Halbschlaf die Außentür ins Schloss fallen. Sie war es gewohnt, dass ihr Mann zu absonderlichen Zeiten das gemeinsame Haus verließ. Sie fragte selten. Nur einmal, als er ein Fernglas in der Hand hielt, wurde sie neugierig. Er erzählte daraufhin von seinem Hobby. Ornithologie. Vogelkunde. Er berichtete, wie er oft, sofern es seine Zeit erlaubte, Vögel beobachtete. Besonders in den Morgen- und Abendstunden, so sagte er, könne man die gefiederten Freunde sehr gut bei ihrem lebhaften Treiben in der Natur beobachten.

Sie wollte ihm noch nachrufen: Hast du dein Fernglas dabei? Dafür fehlte ihr aber zu dieser frühen Stunde die Lust. Sie drehte sich um und schlief weiter. Heute musste sie ohnehin später zur Arbeit. *Was für ein Glück,* dachte sie.

Kapitel 38

Hagena frühstückte in aller Ruhe, versorgte die Katze und fuhr kurz vor sieben Uhr Richtung Aurich.

»Guten Morgen, Tammo! Was ist los? Sie sehen aus, als hätten Sie die ganze Nacht im Büro verbracht.«

»Moin, Chef. Gestern Abend, Sie waren schon nach Hause gefahren, brachte ein Kurier drei Kartons mit Akten. Da konnte ich doch nicht Feierabend machen.«

»Hätten Sie mich nur angerufen. Ich hätte Sie ...«

»Nein, Chef, für eine solche Recherche benötige ich Ruhe. Gegen 19 Uhr habe ich Frau Kramer angerufen. Sie und ein Pizzabote haben mich unterstützt.«

»Sie zwei haben doch nicht etwa ...?«

»Ich habe meine Frau gegen 20 Uhr informiert, ein Stück der Pizza gegessen, Frau Kramer instruiert und dann begann die Arbeit.«

»Hat sich die nächtliche Session gelohnt?«

»Ja, Chef. So wie es aussieht, haben wir eine heiße Spur.«

Verblüfft sah Hagena zu seinem Mitarbeiter. »Habe ich Sie richtig verstanden, Sie wissen, wer der Täter ist?«

»Genau genommen wissen wir es noch nicht, aber wir

haben ein unerwartetes Ergebnis, das uns früher oder später zu dem Täter führen könnte.«

»Machen Sie es nicht so spannend. Wer ist der Täter?«

»Es ist ein wenig kompliziert. Und außerdem benötige ich noch etwas Zeit. Ich muss noch einiges checken. Ich denke, in 40 Minuten kann ich Ihnen mehr sagen.«

»Gut, Feldmann. Ich telefoniere mit dem Staatsanwalt. Wir sehen uns in einer dreiviertel Stunde zur Besprechung. Ich gehe davon aus, dass Doktor Vierkant auch anwesend sein wird.«

ER MUSSTE bis kurz nach acht Uhr warten. Dunkle Wolken zogen über Ostfriesland. Der Regen hatte eine kurze Pause eingelegt, langsam begann es wieder zu tröpfeln. Er drosselte die Geschwindigkeit seines Wagens. Es war eine der wenigen Haltestellen an der Kreisstraße zwischen Wirdum und Marienhafe. Wie jeden Morgen stand sie hier alleine. Rings um sie herum nur Wiesen, Äcker und Weite. Bis zum nächsten Haus waren es nahezu 700 Meter. Ihr altes Fahrrad hatte sie hinter dem hölzernen Wartehäuschen angekettet. Wasser tropfte vom Dach des in die Jahre gekommenen Unterstandes. Ihr war kalt, das sah man ihr an. Sehnsüchtig blickte sie die Straße entlang, in der Hoffnung den Schulbus zu entdecken.

Statt des Busses kam ein anderes Fahrzeug auf sie zugefahren. Sie wich erschrocken zurück, als das Auto bremste und direkt vor der Bushaltestelle zum Stehen kam. Starr vor Schreck suchte sie hastig nach ihrem Smartphone. Sollte sie ihre Eltern informieren oder schnell das Rad nehmen und abhauen?

Trotz der morgendlichen Frische trug sie, wie in den letzten Tagen und Wochen, sommerliche legere Kleidung. Der kurze Rock, der ihre langen Beine zur Geltung brachte, fiel ihm sofort ins Auge und steigerte seine Lust.

Mia war erleichtert, als die Seitenscheibe herunterfuhr und sie ein bekanntes Gesicht in dem Wagen entdeckte. »Soll ich dich mitnehmen? Ich denke, wir haben den gleichen Weg. Bis der Bus kommt, bist du erfroren und total durchnässt.« Er lachte spontan.

»Würden Sie mich mitnehmen? Das wäre super. Mit solch einem Scheißwetter habe ich nicht gerechtet. Meine Mutter sagte, ich soll mir wärmere Sachen anziehen. Ich habe ihre Worte ignoriert und bin so schnell ich konnte, zur Bushaltestelle geradelt. Ich habe sie noch gerade trocken erreicht. Jetzt beginnt es zu regnen, es ist windig, scheißkalt und nass bin ich auch schon etwas.«

Hastig stieg sie ein. »Wenn Sie nicht gekommen wären, hätte ich mir sonst was geholt. Gestern war noch eine Affenhitze und heute? Dieses miese, regnerische Wetter und dieser heftige Wind, wer hätte damit gerechnet.«

»Ja, es ist das erste Mal in diesem Sommer, dass ich die Heizung im Wagen aufgedreht habe.«

»Fahren Sie häufig hier vorbei? Ich dachte, Sie wohnen in Georgsheil.«

»Das stimmt. Morgens beobachte ich gerne Vögel. Ein Hobby von mir. Ich war an der Leybucht. Mittlerweile sind dort schon die ersten Graugänse eingetroffen. Faszinierend.«

»Sie beobachten Vögel? Cool. Dann sind Sie sicherlich heute zeitig aufgestanden.«

»Morgens, wenn die Sonne aufgeht, sind die Wasser- und Wiesenvögel besonders aktiv. Vor einigen Monaten konnte ich aus nächster Nähe einen großen Brachvogel bei der Brutpflege beobachten. Es ist wunderbar, wie diese Tiere sich um ihren Nachwuchs kümmern.«

Sie saß entspannt neben ihm und hörte interessiert zu. Selten hatte er ein solch leichtes Spiel bei einer jungen Frau gehabt, wie bei diesem Mädchen. Er spürte, wie sie eine Lust in ihm weckte, die ihm manchmal selber Angst machte. Es war ein Verlangen, das er nicht unterdrücken konnte und vielleicht auch nicht unterdrücken wollte.

»Wenn es dir nichts ausmacht, fahre ich einen kleinen Umweg. Nicht weit von hier gibt es einen Rastplatz von Nonnengänsen. Ich möchte nur schauen, ob bereits einige da sind. Es sind Wintergäste, die von der russischen Eismeerküste kommen.«

»Kein Problem. Ich muss nur um kurz vor neun zur zweiten Stunde im Klassenraum sein. Höchstwahrscheinlich schreiben wir heute einen Biotest und es wäre ungünstig, wenn ich mich verspäten würde.«

»Das schaffen wir locker.« Er lächelte. Sie erwiderte sein Lächeln, was dazu führte, dass er sich kaum noch beherrschen konnte.

Noch vier Kilometer, dachte er. Er drückte auf das Gaspedal.

Kapitel 39

Tammo saß bereits am Tisch, als Hagena die Küche betrat. Anna hantierte an der Kaffeemaschine. »Lange macht es das Ding nicht mehr. Wir sollten in den nächsten Tagen für eine neue Maschine sammeln.«

»Wahrscheinlich haben wir die Maschine letzte Nacht überlastet«, erwiderte Tammo. Anna stellte die volle Kanne auf den Tisch. Gähnend setzte sie sich neben Tammo, der ein belegtes Brötchen aß.

»Morgen zusammen! Lassen Sie sich nicht stören.« Missbilligend sah Doktor Vierkant zu Anna Kramer, die einen großen Joghurtbecher auslöffelte. Während der Raum sich mit wohlriechendem Kaffeeduft füllte, begann Hagena mit seinen Ausführungen. »Es gibt Neuigkeiten zum Mord an der Schülerin Alena Tönjes. Wir müssen unserem Kollegen Tammo Feldmann danken. Er hat die ganze Nacht, unterstützt von Frau Kramer, unzählige Akten, die er von anderen Dienststellen erhalten hat, studiert und durchgearbeitet.«

»Und? Darf man erfahren, was dabei heraus gekommen ist?«

»Dieses, Herr Doktor Vierkant, kann uns am besten der

Kollege Feldmann selber beantworten. Tammo, erzählen Sie uns, was die nächtliche Recherche gebracht hat.«

Hagena setzte sich an den Tisch. »Erzählen Sie, wie sind Sie dem mutmaßlichen Täter auf die Spur gekommen?«

»Sekunde, Chef. Ich bin gleich so weit.« Tammo verließ die Küche und kam nach wenigen Minuten mit einem Karton Akten zurück. »Diese Akten können wir zunächst außer Acht lassen, ich habe alles im Kopf beziehungsweise auf meinem Laptop. Sie können dennoch gerne einen Blick in die Akten werfen.«

»Okay, legen Sie los.«

Tammo blickte in die Runde, dann auf seinen Laptop, bevor er mit seinen Ausführungen begann. »Wie ich bereits erwähnte, habe ich Akten und Daten von verschiedenen Dienststellen angefordert. Es sind ungeklärte Fälle, die in den letzten Jahren für Schlagzeilen sorgten. Junge Frauen im Alter von 16 bis 19 Jahren verschwanden oder wurden tot aufgefunden. Einige fand man nackt und mit Farbe übergossen versteckt im Wald, andere blieben bis heute verschwunden.«

»Wie bei Alena Tönjes und Natalie Baumann«, bemerkte Anna.

»Was haben Sie herausgefunden?«, fragte Doktor Vierkant ungeduldig.

»Ich habe zunächst alle Akten durchgearbeitet und nach Übereinstimmungen gesucht.«

»Was kam dabei heraus?«

»Wenig. Jedenfalls entdeckte ich nichts, was uns zum Täter führen könnte.«

»Sie sagten, Sie hätten eine heiße Spur.«

»Nachdem ich keine Übereinstimmung gefunden habe, nahm ich mir die Zeugenaussagen vor, in der Hoffnung, dort fündig zu werden. Ich habe alle Zeugenaussagen gesammelt. Aussagen von Familienangehörigen, Freunden und Freundinnen der Opfer, Lehrer, Lehrerinnen, Personal der Schulen, Nachbarn, Mitschüler, Schülerinnen, Busfahrer und Fahrerinnen, Passanten und, und ...«

»Da haben Sie sich aber viel Arbeit gemacht«, sagte Hagena anerkennend.

»Manuell war das nicht durchführbar. Der größte Teil der Zeugenaussagen lag digital vor, einige nicht. Mit der Unterstützung von Anna konnte ich auch die Protokolle, die nur in Papierform vorlagen, digital erfassen.«

»Wozu der ganze Aufwand?« Doktor Vierkant sah vorwurfsvoll zu dem Vortragenden.

»Ich bin einen neuen Weg gegangen.« Mit ein wenig Selbstbewusstsein in der Stimme fuhr Feldmann fort. »Mit Hilfe von *KI,* also mit Hilfe von *Künstlicher Intelligenz*, habe ich sämtliche Zeugenaussagen auf deren Inhalt und auf bestimmte Merkmale hin überprüft.«

»Das verstehe ich immer noch nicht. Was sollte das bringen?« Mit Unverständnis sah Doktor Vierkant Tammo an.

»Jeder Mensch hat eine andere Ausdrucksweise. Manche Menschen reden in langen Sätzen, manche in kurzen, manche benutzen viele Verben und manche verdrehen die Sätze beim Reden.«

»Klingt logisch. Dennoch verstehe ich den Aufwand nicht.«

»Die Verbrechen wurden in den letzten acht Jahren an verschiedenen Orten verübt. Keines der Verbrechen wurde aufgeklärt. Ich wollte wissen, ob sich Zeugenaussagen vom Inhalt, vom Duktus und von der Satzstellung wiederholen.«

»Wo wurden die Verbrechen verübt?«, wollte Hagena wissen.

»Der erste Fall, den ich analysiert habe, wurde vor acht Jahren in Walsrode verübt. Dort verschwand eine 16-jährige Schülerin auf dem Nachhauseweg von der Schule. Die anderen Daten und Akten bekam ich aus Peine, Stade und aus Holzminden.«

»Und Sie glauben, dass zwischen diesen Straftaten und den ganzen Zeugenaussagen eine Verbindung besteht?«

»Ja. Jedenfalls habe ich das vermutet.«

»Was sollte diese Erkenntnis bringen?«, fragte Doktor Vierkant.

»Brandstifter findet man immer wieder unter Feuerwehrleuten, obwohl Feuerwehrleute selten in Verdacht geraten, Brände vorsätzlich zu legen. Gleichfalls treten Zeugen selten als Täter in Erscheinung. Mit Hilfe von *KI* wollte ich, anhand der Wortwahl, herausfinden, ob Personen mehrfach ausgesagt haben. Eine mehrfache Aussage würde darauf hindeuten, dass diese fragliche Person an unterschiedlichen Orten als Zeuge in Erscheinung getreten ist.«

»Hat die *Künstliche Intelligenz* etwas entdeckt?«, fragte Hagena neugierig.

Feldmann berührte mehrere Tasten seines Laptops.

»Tammo hat der *KI* gesagt, sie soll nach Texten suchen, die vom Satzbau und der Wortwahl Ähnlichkeiten aufweisen«, meldete sich Anna zu Wort.

»Um es vorwegzunehmen«, erläuterte Feldmann fachmännisch, »eine *KI* arbeitet sehr schnell. Somit konnte ich mehrere Varianten durchspielen. Das Ergebnis war immer das Gleiche. Vier Zeugen haben nahezu das Gleiche ausgesagt.«

»Hat vor Ihnen noch niemand eine derartige Analyse gemacht?«

»Mir ist eine solche Auswertung nicht bekannt, Chef. Ich muss dazu sagen, *KI* gibt es noch nicht lange.«

»Wissen Sie, von welchen Personen diese Aussagen stammen?«, fragte Doktor Vierkant.

»Es war, zu unserer Überraschung, nur eine Person.«

»Eine Person?«, wiederholte Doktor Vierkant ungläubig.

»Ja, Herr Doktor Vierkant. Es war nur eine Person und

diese Person heißt Holger Schnabel.« Tammo machte eine Pause. »Holger Schnabel wurde mehrmals als Zeuge befragt. Eine Befragung fand sowohl in Walsrode, in Peine, in Stade als auch in Holzminden statt. Orte, an denen, wie ich bereits sagte, junge Frauen verschwunden sind.«

»Das klingt in meinen Ohren nach Kritik«, empörte sich Doktor Vierkant. »Stellen Sie etwa die Arbeit der Kollegen vor Ort infrage? Glauben Sie etwa, dass diese Kriminalisten schlampig gearbeitet haben?« Der Staatsanwalt blickte vorwurfsvoll zu Tammo Feldmann. »Das nennen Sie Recherche? Das nenne ich Kollegen diffamieren und sonst nichts.« Vierkant erhob sich von seinem Platz. »Ich habe noch zu tun. Halten Sie mich auf dem Laufenden. Auf Wiedersehen.« Doktor Vierkant verließ erzürnt den Raum.

»Der ist aber schlecht gelaunt«, bemerkte Anna.

»Doktor Vierkant hat private Probleme. Sein fünfzehnjähriger Sohn ist zurzeit in Südfrankreich. Schüleraustausch. Irgendwie gab es Probleme mit der Gastfamilie.«

»Verstehe. Glücklicherweise habe ich keine Kinder«, erwiderte Anna.

»Fahren Sie fort, Tammo. Sie wollten etwas zu dem Namen sagen.«

»Wie ich bereits sagte, taucht der Name *Holger Schnabel* mehrfach auf. Ich musste bis heute morgen acht Uhr warten, um nähere Informationen über diese Person zu bekommen. Zeitiger konnte ich keine Behörde um Auskunft ersuchen.«

»Was haben Sie von den Behörden erfahren?«

»Holger Schnabel ist Lehrer von Beruf. Ich habe es vor wenigen Minuten erfahren. Er unterrichtete an Schulen in Walsrode, Peine, Stade und Holzminden.«

»Dort verschwanden die Mädchen!«

»Richtig, Anna.«

»Kann das Zufall sein? Weshalb ist das niemandem aufgefallen?«

»Fehler passieren überall. Ich denke, zwischen den Dienstellen wurde zu wenig kommuniziert.«

»Wo finden wir den vermeintlichen Zeugen jetzt?«, fragte Hagena.

»Bis vor zwei Jahren war er in Holzminden gemeldet. Als neue Meldeadresse gab er den Birkenweg in Georgsheil an, das habe ich vom Einwohnermeldeamt in Holzminden vor wenigen Minuten erfahren. Ob und wo Schnabel derzeit arbeitet, konnte ich leider nicht in Erfahrung bringen.«

»Gute Arbeit, Tammo«, betonte Hagena, »sehr gute Arbeit!«

»Dann sollten wir uns schnellstens auf den Weg nach Georgsheil machen.«

»Da gibt es ein Problem.«

»Was für ein Problem?«

»Am Birkenweg in Georgsheil ist kein Holger Schnabel gemeldet.«

Kapitel 40

»Wieso ist in Georgsheil kein Holger Schnabel gemeldet?« Fragend sah Anna ihre Kollegen an.

»Das konnte mir die junge Frau von der Gemeindeverwaltung Südbrookmerland auch nicht sagen. Sie forscht nach der Ursache. Sie will sich wieder melden.«

»Wann?«, wollte Hagena wissen.

»Das konnte sie mir nicht sagen. Vielleicht Morgen oder auch erst nächste Woche.«

»So lange können wir nicht warten«, sagte Hagena.

»Übrigens, ich habe alle Zeugenaussagen überprüft. Weder im Fall Alena Tönjes noch im Fall Natalie Baumann gab es einen Zeugen mit dem Namen *Schnabel*«, sagte Tammo.

»Und wenn dieser Typ geheiratet und den Namen seiner Frau angenommen hat?«, überlegte Anna.

»Unlogisch!«

»Weshalb, Tammo? Mein Nachbar hieß Thorsten Blümle, jetzt heißt er Thorsten Jacobi, wie seine Frau.«

»Wir sollten Annas Einwand weiter verfolgen. Wenn dieser Schnabel sich tatsächlich eine neue Identität zugelegt hat, wird es schwierig sein, ihn zu finden.« »Richtig, Chef, es sei denn, er hat seinen Vornamen beibehalten, wovon ich ausgehe«, bemerkte Anna.

»Menschen mit dem Namen Holger gibt es wie Sand am Meer«, sagte Tammo.

»Gibt es an der Schule in Marienhafe einen Lehrer oder einen Angestellten mit dem Vornamen Holger?«, fragte Hagena etwas nachdenklich. »Tammo sprechen Sie umgehend mit der Sekretärin des Schulleiters. Die kann Ihnen sicherlich Auskunft erteilen.«

»Mach ich.« Tammo verließ hastig die Küche, eilte zu seinem Arbeitsplatz, telefonierte und kam nach acht Minuten zurück.

»Volltreffer, Chef. Es gibt dort zwei Personen mit diesem Vornamen«, sagte Tammo überschwänglich, »Holger Mühlenbrok und Holger Uhlig.«

»Dann sollten wir uns diese beiden Herren einmal vornehmen.«

»Holger Mühlenbrok können wir abhaken, Chef«, sagte Tammo lapidar, »der ist 61 Jahre, hat Rheuma und ist derzeit zur Kur. Wenn ich das richtig notiert habe, befindet er sich seit sechs Wochen im Rehazentrum Bad Eilsen. Bleibt somit nur Holger Uhlig und der ist heute noch nicht in der Schule aufgetaucht.«

»Besuchen wir ihn zuhause.« Hagena erhob sich von seinem Platz.

»An den Namen Holger Uhlig kann ich mich erinnern. Ein sympathischer Mann. Er war Klassenlehrer von Alena Tönjes und er hat mir eine Liste mit Namen der Schüler und Schülerinnen seiner Klasse übermittelt«, sagte Anna Kramer.

»Ja, ich erinnere mich. Wir haben mit ihm im Büro des Schulleiters gesprochen. Er reagierte sehr bestürzt, als er vom Tod der Schülerin erfuhr. Er hatte Tränen in den Augen. Ich glaube nicht, dass dieser Uhlig unser Mann ist. Dennoch sollten wir ihn befragen. Tammo, Sie fahren sofort zur Schule nach Marienhafe und schnappen sich diesen Holger Uhlig, sobald er dort auftaucht. Haben Sie die private Adresse von diesem Uhlig?«

Tammo schaute auf den Zettel, den er in der Hand hielt. »Birkenstraße 187 in Georgsheil, sagte die Schulsekretärin.«

»Bist du dir da sicher, Tammo?« Anna lief um den Tisch herum, riss Tammo den Zettel aus der Hand und legte diesen neben den Laptop. »Volltreffer. Ich habe es gewusst. Die Adresse von Holger Schnabel stimmt mit der Adresse auf deinem Zettel überein. Cool!«

»Frau Kramer, kommen Sie. Wir fahren nach Georgsheil. Eventuell ist dieser Schnabel beziehungsweise dieser Holger Uhlig zu Hause.«

Kapitel 41

Anna bog in den Birkenweg. Nach 50 Metern sahen sie das Haus. Ein modernes Gebäude, kaum älter als zwei Jahre, weiß und als Flachdachhaus konzipiert, mit großen Fenstern und einer grauen Eingangstür mit einem markanten Bullauge.

»Guten Morgen, Frau Uhlig, ich bin Kriminalhauptkommissar Hagena und das ist meine Mitarbeiterin Frau Hauptkommissarin Kramer. Wir ermitteln im Mordfall der Schülerin Alena Tönjes. Ist Ihr Mann zu sprechen?«

Verstört blickte die Frau im weißen Morgenmantel zu den Beamten. In diesem Moment ärgerte sie sich, dass sie so spät aufgestanden war.

»Mein Mann ist nicht da.«

»Dürfen wir hereinkommen?«

»Natürlich«, sagte sie etwas verlegen, »wir gehen ins Wohnzimmer. Die zweite Tür.«

Auch im Inneren war das Haus modern und sachlich gestaltet. An den weißen Wänden hingen abstrakte Gemälde und überall standen Skulpturen aus Bronze, Edelstahl oder Gips.

Die Hausherrin zeigte nach rechts. »Hierher bitte! Nehmen Sie Platz. Ich ziehe mir kurz etwas anderes an. In diesem Aufzug fühle ich mich nicht wohl, wenn Besuch da ist.«

»Meine Mitarbeiterin wird Sie begleiten. Ich möchte nicht, dass Sie telefonieren oder das Haus verlassen.«

»Muss das sein? Warum sollte ich das Haus verlassen? Ich hasse es, wenn mich jemand beim Umkleiden beobachtet. Wen sollte ich anrufen?«

NACH WENIGEN MINUTEN kam die Hausherrin zurück.

»Wo finden wir Ihren Mann?«, fragte Hagena.

»Ich denke, er ist in der Schule. Wo sonst? Mein Mann ist Lehrer am Gymnasium.«

»Wann ist er aus dem Haus gegangen?«

»Sehr früh. Das macht er oft. Morgens, ganz zeitig, kurz nach Sonnenaufgang, beobachtet er Vögel. Das ist sein Hobby.«

»Heute auch?«

»Er verließ kurz nach sechs Uhr das Haus.«

»Wann hat er Unterrichtsbeginn?«

»Um acht, neun oder zehn. Ich kenne seinen Stundenplan nicht. Wieso?«

»Ich habe gerade eine Nachricht von meinem Mitarbeiter bekommen. Ihr Mann ist noch nicht in der Schule aufgetaucht. Laut einer SMS an das Schulsekretariat ist er krank. Können Sie mir etwas dazu sagen?«

»Ich weiß nicht.« Andrea Uhlig wurde blass. »Ich habe heute Morgen nicht mit ihm gesprochen. Vom Bett ging er ins Bad und verließ kurze Zeit später das Haus. Manchmal nimmt er auch meinen Wagen mit. Heute ist er mit seinem Auto gefahren.«

Hagena telefonierte mit Tammo. »Tammo, sind Sie noch in der Schule?«

»Ja, Chef.«

»Schnappen Sie sich den Schulleiter, gehen Sie von Klasse zu Klasse und fragen Sie, ob alle Schülerinnen anwesend sind. Mir geht es nur um die älteren Jahrgänge. Beeilen Sie sich.«

Kapitel 42

»Warum halten Sie hier? Hier sind keine Gänse. Fahren Sie bitte weiter, ich komme sonst zu spät zur Schule. Es ist bereits kurz vor neun.«

Die Stelle hatte er sich vor Tagen ausgesucht. Ein Wirtschaftsweg, kaum befahren und einsam, wie ein Trampelpfad hinter dem Deich. Er löste seinen Sicherheitsgurt und betrachtete die junge Frau auf dem Beifahrersitz. Ihre vollkommene Schönheit raubte ihm den Verstand. Sie wich zurück, als er ihr Haar berührte.

»Was wollen Sie?« Unsicher tastete sie nach dem Türgriff, während ihre Augen gebannt auf seine Hände starrten. Vorsichtig, mit einem seltsamen Lächeln im Gesicht, schob er mit der linken Hand ihren Rock nach oben, während er mit der rechten Hand ihre Oberschenkel streichelte.

»Gefällt dir das?«

»Nein, lassen Sie das!«, schrie sie ihn an. »Ich will hier weg. Lassen Sie mich gehen.« Die Tür öffnete sich nicht, obwohl sie den Griff ruckartig und mit voller Kraft betätigte.

»Weshalb willst du gehen?« Fragte er mit sanfter Stimme. »Lass uns den Vormittag genießen. Nur wir zwei. Hier sind wir alleine. Nur du und ich.« Seine linke Hand fuhr über ihre Brüste. Sie atmete heftig.

»Ich werde um Hilfe rufen. Ich werde laut schreien, wenn Sie mich nicht gehen lassen!«

»Hier hört dich keiner. Wir sind ganz alleine hier. Genieße den Augenblick.«

»ICH HOLE UNS EINEN KAFFEE. Ein Knopfdruck, dann ist er im Handumdrehen fertig.« Andrea Uhlig verließ das Wohnzimmer. »Ich helfe Ihnen.« Anna folgte der Frau in die Küche.

Nach 20 Minuten meldete sich Tammo aus der Schule. »Chef, es fehlen tatsächlich drei Schülerinnen. Zwei davon sind entschuldigt. Die Unentschuldigte heißt Mia Heinkes. Sie ist 18 Jahre und müsste eigentlich anwesend sein, da ihre Klasse heute Morgen einen Test schreibt. Ihre Lehrerin sagte, Mia hätte noch nie einen Biotest verpasst. Biologie sei ihr Lieblingsfach. Sie steht derzeit zwischen eins und zwei.«

»Bleiben Sie vor Ort, Tammo. Sollte Holger Uhlig auftauchen, nehmen Sie ihn in Gewahrsam. Ich halte Sie auf dem Laufenden.«

Frau Uhlig saß stumm auf der Sofakante und nippte an ihrem Kaffee. Immer wieder sah sie zur Tür.

»Wie lange sind Sie mit Ihrem Mann verheiratet?«

»Weihnachten werden es drei Jahre. Wir haben zwei Tage vor Silvester geheiratet. Unsere Hochzeitsreise ging nach Garmisch-Partenkirchen. Zwei Wochen. Es war wunderschön.«

»Ist Ihnen an Ihrem Mann etwas aufgefallen?«

»Was soll mir aufgefallen sein?«

»Seinen Hang zu jungen Mädchen.«

»Was soll diese Frage? Nur weil mein Mann Lehrer ist, muss er doch nicht gleich perverse Neigungen haben.«

»Sie sind oft umgezogen. Ihr Mann hat häufig den Arbeitsplatz gewechselt.«

»Ja, und?«

»Dort an den Schulen wurde ihr Mann wiederholt von der Polizei befragt. Junge Frauen waren verschwunden. Man suchte nach Zeugen.«

»Ja, und?«, wiederholte sich die Hausherrin. »Das war sicherlich Zufall, dass Holger befragt wurde.«

»Ausgerechnet an den Schulen, an denen ihr Mann unterrichtet hat, verschwanden Schülerinnen. Einige dieser vermissten Schülerinnen wurden später tot aufgefunden, andere blieben für immer verschwunden. Nennen Sie das auch Zufall?«

Andrea Uhlig legte die Hände vors Gesicht und begann zu weinen. »Was wollen Sie meinem Mann unterstellen?«, schluchzte sie.

»Das möchte ich von Ihnen wissen. Ihnen können die Neigungen Ihres Mannes unmöglich entgangen sein. Sagen Sie uns die Wahrheit, Frau Uhlig, bevor noch weitere Schülerinnen sterben müssen.«

»Holger trifft keine Schuld.«

»Inwiefern, Frau Uhlig?«

»Ich liebe meinen Mann, Herr Kommissar.«

»Beantworten Sie bitte meine Frage.«

»Die jungen Dinger in ihren kurzen Röcken und mit den engen Shirts machten ihm zu schaffen. Wenn Sie mich fragen: Die gehen in Klamotten zur Schule, als wenn sie gerade vom Strich kommen.«

»Und das bereitet Ihrem Mann Probleme?«

»Ja, er wollte lieber die Kleinen unterrichten, aber niemand ging auf seine Wünsche ein. Immer wieder stand er vor den Klassen mit diesen aufgedonnerten Mädchen. Holger ist ein attraktiver Mann. Die Mädchen haben ihn angehimmelt.«

»Sie meinen, die Mädchen haben sich absichtlich so angezogen, um ihrem Lehrer zu imponieren?«

»Imponieren ist wohl nicht das richtige Wort. Es war plumpe Anmache.«

»Glauben Sie, dass die Schülerinnen scharf auf ihren Lehrer waren?«, wollte Anna von der weinenden Frau wissen.

»Nicht nur das«, klagte Frau Uhlig, »Holger bekam Liebesbekundungen in Form von Briefen, SMS und E-Mails. Die Post brachte Geschenke und fast täglich bekam er über Twitter und WhatsApp eindeutige Angebote. Irgendwann, so meine Vermutung, hatte er seine Gefühle nicht mehr im Griff.«

»Haben Sie mit ihm geredet?«

»Ich habe es versucht. Er ging mir aus dem Weg. Unsere Beziehung stand vor dem Aus. Ein halbes Jahr war er in therapeutischer Behandlung. Ohne Erfolg. Ich wusste irgendwann, ich habe meinen Mann an diese Gören verloren.«

»Glauben Sie, dass Ihr Mann etwas mit dem Tod von Alena Tönjes zu tun hat?«

Tränen rannen über das Gesicht von Andrea Uhlig. »Ich, ... ich weiß es nicht und ich möchte es nicht wissen und ich will nicht darüber reden.«

»Sie müssen uns alles sagen oder wollen Sie sich mitschuldig machen an dem Tod weiterer junger Frauen?«, fragte Hagena harsch.

»Ich habe von dem Tod des Mädchens aus der Zeitung erfahren. Zwei Tage später habe ich Wäsche gewaschen. An der Hose meines Mannes klebte an einer Stelle grüne Farbe. Ich habe den ganzen Tag geweint.«

»Haben Sie mit Ihren Mann über diese Entdeckung gesprochen?«

»Nein. Nein, das habe ich nicht«, jammerte Andrea Uhlig.

Während Hagena mit dem Staatsanwalt telefonierte, versuchte Anna die Frau von Holger Uhlig zu beruhigen.

»Holger ist ein guter Mensch. Diese Schülerinnen haben unser Leben kaputt gemacht. Ich hatte meinen Mann nie für mich alleine.« Verzweiflung lag in den Augen von Andrea Uhlig.

Hagena telefonierte erneut mit Tammo Feldmann. »Ich gehe davon aus, dass Holger Uhlig eine Schülerin in seiner Gewalt hat. Mobilisieren Sie alles, was möglich ist. Ich habe das Okay vom Staatsanwalt. Wir brauchen jetzt jeden Mann und jede Frau. Norden, Emden, Leer und Wittmund – alle sollen Beamte schicken. Wir müssen diesen Uhlig zu fassen bekommen, bevor er dem Mädchen etwas antut. Er ist mit einem blauen *Opel Astra Kombi* unterwegs. Das Kennzeichen bekommen Sie gleich per Mail.«

»Was ist mit einem Hubschrauber?«

»Darum kümmert sich bereits die Staatsanwaltschaft. Wenn alles glatt läuft, müsste ein Heli aus Oldenburg jetzt in der Luft sein. Anna wartet hier in Georgsheil. Es könnte sein, dass Holger Uhlig hier auftaucht. Ich komme nach Marienhafe.«

Kapitel 43

Kalter Schweiß rann von ihrer Stirn, als erneut seine Hand ihre Oberschenkel berührte. Sie griff nach seinem Unterarm, kratzte, zerrte, drückte, konnte aber nichts ausrichten. Sie war zu schwach, um die Annäherungsversuche dieses Mannes abzuwehren. Ihm gefiel die Attacke. Er liebte es, wenn Frauen sich zur Wehr setzten. Mit jeder Sekunde kam er ihr näher. Seine Hände waren überall. Immer wieder versuchte sie, seine Annäherungsversuche abzuwehren. Ohne Erfolg. Gegen diesen sportlichen, gut trainierten Typen hatte sie keine Chance. Er öffnete den Reißverschluss ihrer dünnen Bomberjacke und griff in den Ausschnitt ihres Shirts. Mit einem kräftigen Ruck riss er den dünnen Stoff entzwei und entblößte ihren Oberkörper. Ihr Schrei, so laut, als ginge es um ihr Leben, verhallte in einem unverhofft aufkommenden tosenden Lärm. Urplötzlich sah sie Furcht in den Augen ihres Widersachers. Ohne ein Wort und ohne einen Laut ließ er überraschend von ihr ab. Kaum 80 Meter vor dem Wagen landete ein Helikopter und versperrte Uhlig den Fluchtweg. Türen öffneten sich. Mehrere schwarzgekleidete behelmte und bewaffnete Einsatzkräfte sprangen aus dem Hubschrauber, dessen Rotoren langsam zum Stehen kamen. Sie liefen mit Maschinenpistolen im Anschlag auf das Auto zu. »Kommen Sie aus dem Wagen«, schrie einer der Männer.

Die Seitenscheibe des alten *Opel Corsa* fuhr ein Stück hinunter. »Niemals«, erwiderte Uhlig laut, »wenn Sie näher kommen, stirbt das Mädchen.« Blitzschnell hatte Uhlig ein Messer in der Hand, hielt es an die Kehle des verängstigten Mädchens und schrie: »Ich steche zu!«

Ein gellender Schrei drang aus dem Wageninneren nach draußen.

»Lassen Sie das Mädchen gehen!«

»Hauen Sie ab!«, schrie Uhlig.

»Sie haben keine Chance. Die ganze ostfriesische Polizei ist hinter Ihnen her. Geben Sie auf. Sie kommen nicht weit«, rief einer der Einsatzkräfte.

KRIMINALHAUPTKOMMISSAR HAGENA BEKAM die Nachricht auf sein Smartphone: *Heli hat Flüchtigen am Upganter Meedeweg entdeckt.* Hagena gab Gas.

BEREITS VON WEITEM SAH ER den Helikopter inmitten der grünen Wiesen stehen. Hagena stoppte am Straßenrand, stieg hastig aus dem Wagen und eilte zu den Einsatzkräften, die sich mittlerweile etwa 30 Meter vor dem *Opel Corsa* postiert hatten.

»Ich bin Kriminalhauptkommissar Hagena von der Kripo Aurich. Wie ist die Lage?« Eilig ließ er den Dienstausweis wieder in der Jackentasche verschwinden.

»Im Wagen befinden sich zwei Personen. Der Mann am Steuer bedroht eine junge Frau mit einem Messer, die sich auf dem Beifahrersitz befindet. Wir haben uns zurückgezogen, um die Situation etwas zu deeskalieren.«

»Okay. Ich werde mit dem Mann reden. Er ist mir bekannt.«

»Das kommt nicht in Frage. Wir übernehmen das.«

»Lassen Sie mich mit dem Mann sprechen. Ich komme gerade von seiner Frau. Sie hat mir einiges erzählt. Vielleicht kann ich ihn zum Aufgeben bewegen.«

»Sie haben fünf Minuten, danach greifen wir ein.«

»Okay.«

»Sollte er versuchen zu fliehen, halten wir ihn auf.«

Hagena reichte einem der Einsatzkräfte seine Dienstwaffe. »Ich gehe unbewaffnet zu ihm.«

»Sind Sie sicher?«

»Ja.«

»Auf Ihre Verantwortung.«

Hagena näherte sich dem Fahrzeug auf zwanzig Meter, dann hörte er eine kräftige Männerstimme rufen. »Bleiben Sie stehen. Ein Schritt weiter und das Mädchen ist tot.« Hagena stoppte seinen Lauf.

»Herr Uhlig! Ich bin Kriminalhauptkommissar Jan Hagena. Wir kennen uns. Ich möchte mit Ihnen reden.«

»Der Helikopter soll verschwinden. Machen Sie den Weg frei. Sofort!«

»Okay. Vorausgesetzt, Sie lassen das Mädchen aussteigen.«

»Niemals!«

Hagena nahm sein Smartphone und telefonierte. »Herr Uhlig, ich habe Ihre Frau am Telefon. Sie möchte mit Ihnen sprechen.«

»Sie bluffen«, rief Uhlig.

»Nein, ich bluffe nicht. Hören Sie!« Hagena stellte auf laut. »Hören Sie die Stimme Ihrer Frau?«

»Ich kann nichts verstehen!«

»Darf ich näher zu Ihnen kommen? Ich bin unbewaffnet.«

»Ziehen Sie Ihre Klamotten aus. Ich will sichergehen, dass Sie keine Waffe bei sich tragen.«

Hagena folgte Uhligs Anweisungen und entkleidete sich bis auf die Boxershorts. Mit dem Smartphone in der ausgestreckten Hand lief er langsam auf das Auto zu. Den Nieselregen spürte er nicht. Holger Uhlig beobachtete ihn mit starrem Blick. Hagena hörte das Mädchen jammern. Schritt für Schritt näherte er sich der Fahrertür. Uhlig hatte die Seitenscheibe ganz nach unten gefahren und streckte den linken Arm hinaus.

»Geben Sie mir das ....«, er konnte den Satz nicht vollenden. Blut spritzte gegen die Frontscheibe, das Mädchen schrie, Hagena sah die weit aufgerissenen Augen von Uhlig, stolperte auf dem unbefestigten Weg, taumelte und fiel zu Boden. Uhligs Kopf flog gegen die Nackenstütze, Blut rann über das Gesicht des Entführers, sein Körper zuckte, dann sackte er in sich zusammen. Der Kopf des Mannes am Steuer fiel zur Seite. Stille lag für einen Moment über der Szenerie, nur ein leises Jammern war aus dem Wageninneren zu hören.

Noch bevor Hagena klar wurde, was geschehen war, zerrten schwarzgekleidete Einsatzkräfte Uhlig und das weinende Mädchen aus dem Fahrzeug.

Die gezielten Schüsse eines Scharfschützen aus dem Frachtraum des Helikopters hatten Holger Uhlig mehrfach getroffen. Hagena erhob sich vom Boden. »Ich wollte ... , er hätte nach dem Gespräch mit seiner Frau ...«

»Gut gemeint, Herr Hauptkommissar«, sagte der leitende Beamte des Einsatzteams, »die Situation war aus unserer Sicht außerordentlich prekär. Wir durften kein Risiko eingehen. Das Leben der Geisel hatte eindeutig Vorrang.«

Hagena sammelte seine Sachen ein, zog sich wieder an, nahm seine Waffe entgegen, sprach noch ein paar Worte mit den Beamten des Einsatzteams und telefonierte danach mit dem Staatsanwalt. Wenige Minuten später stieg der Heli auf.

Mia wurde vorsorglich zum Klinikum nach Aurich geflogen. Dort wurde sie sehnsüchtig von ihren Eltern erwartet. Zeitgleich traf Anna Kramer ein. Sie hatte den Anruf entgegengenommen, nicht Frau Uhlig.

»Was ist mit Uhlig und dem Mädchen«, fragte sie.

»Ich weiß es nicht. Er wurde angeschossen. Das Mädchen ist unverletzt und auf dem Weg ins Klinikum. Gehen wir zum Rettungswagen und fragen.«

DIE BESATZUNG eines Streifenwagens sowie ein Notarzt und zwei Rettungssanitäter hatten sich um Holger Uhlig gekümmert. Der Angeschossene wurde auf eine Trage zum Rettungswagen gebracht, dort fand die Erstversorgung statt.

»Ich bin Kriminalhauptkommissar Hagena und das ist meine Kollegin Frau Kramer.« Beide zeigten ihre Ausweise.

»Ich bin Doktor Carsten Wissmann. Notarzt. Wir kommen vom Klinikum Aurich. Die Schüsse trafen den Mann am Kehlkopf und an der rechten Schulter. Die Verletzung an der Schulter ist unbedeutend. Das Geschoss hat dort nur wenig Schaden angerichtet. Das zweite Geschoss hat vermutlich alle Versorgungsstränge zum Gehirn zerstört. Er atmete noch, als wir ihn auf die Trage legten. Vor wenigen Minuten ist er hier im Einsatzwagen seinen schweren Verletzungen erlegen. Wir konnten nichts mehr für ihn tun.«

Stumm verließen Anna Kramer und Jan Hagena das Gelände und fuhren getrennt zurück nach Aurich.

Kapitel 44

Seltsamerweise fand am gleichen Tag ein Spaziergänger, der mit seinem Hund unterwegs war, östlich von Leezdorf die Leiche der Schülerin Natalie Baumann. 500 Meter entfernt wurde noch vor wenigen Tagen intensiv das Gelände von Polizei und Feuerwehr abgesucht. Wie die anderen Opfer, lag auch sie nackt, bedeckt mit einer Schicht Holzschutzfarbe, am Rande eines Grabens. Von der Straße kaum sichtbar, hatte der Täter die Leiche unter einem Weidenbusch versteckt.

Gegen Abend, bevor Hagena den Heimweg antreten wollte, fuhr er nach Leezdorf, um der Familie von Natalie die traurige Nachricht zu überbringen. Jetzt hatten sie Gewissheit. Hagena sprach seine Anteilnahme aus, dann ließ er die Eltern mit ihrer Trauer alleine.

Noch einmal fuhr er zurück nach Aurich. Anna Kramer und Tammo Feldmann saßen in der Küche und unterhielten sich mit dem Staatsanwalt.

»Der Fall ist abgeschlossen, Herr Hagena«, sagte Doktor Vierkant und stand vom Stuhl auf. »Ich wollte mich bei Ihnen und Ihrem Team für die gute Arbeit bedanken. Morgen können Sie alle einen Tag ausspannen.«

»Danke, Herr Staatsanwalt«, erwiderte Hagena und geleitete den Vorgesetzten zur Tür. »Ich wünsche Ihnen einen schönen Feierabend.«

»Danke, Herr Hagena, den werde ich haben.« Doktor Vierkant reichte Hagena die Hand und verabschiedete sich. »Ich muss noch ein Match absolvieren. Meine Tennispartnerin wartet sicherlich schon.«

SICHTLICH ERSCHÖPFT SETZTE sich Hagena zu Anna und Tammo an den Tisch. »Es ist vorbei. Endlich. Das waren harte Wochen.«

»Ja. Holger Uhlig ist tot«, sagte Anna nachdenklich, »jetzt werden wir nie erfahren, weshalb er seine Opfer mit Farbe übergossen hat.«

»Ist das noch wichtig? Entscheidend ist, dass diese Mordserie endlich ein Ende gefunden hat«, erwiderte Hagena.

»Das sehe ich auch so«, sagte Tammo. »Ich muss jetzt los. Meine Frau will noch mit mir shoppen gehen.«

»Ich schließe mich Tammo an. Meine Nachbarin will heute mit mir essen gehen.« Anna sah auf die Uhr. »Ich muss mich beeilen. Tschüss, Chef!«

Hagena ging in sein Büro, räumte seinen Schreibtisch auf und legte sein Notizbuch zusammen mit der Dienstwaffe in eine Schublade. Als ihm zufällig das Foto von Alena Tönjes in die Hände fiel, musste er sich setzen. Minutenlang betrachtete er das Foto. *Sie war noch so jung*, dachte er, *was für ein tolles Mädchen.* Vorsichtig, als wäre das Bild zerbrechlich, legte er es zu den anderen Fallunterlagen. Abrupt wurde er aus seinen Gedanken gerissen, als sein Handy klingelte.

»Hallo, mein Sheriff.«

»Hallo, Sophia!«

»Doktor Vierkant hat mich informiert. Weshalb auch immer. Ein großer Erfolg für dich und dein Team.«

»Ja«, seufzte Hagena.

»Du klingst wenig erfreut. Was ist los?«

»Ich habe die Eltern von drei der Opfer kennengelernt. Was diese Menschen in den letzten Wochen durchgemacht haben, kann man nicht in Worten wiedergeben. Sie sind durch die Hölle gegangen. Nur bei einer Familie ist die Sache gut ausgegangen, dennoch glaube ich, dass auch diese Familie das Erlebte noch lange im Gedächtnis behalten wird.«

»Du hast dein Bestes gegeben. Mehr kannst du für diese Menschen nicht tun. Ein Serienmörder wurde gefasst. Vermutlich haben du und dein Team durch euer Handeln weitere Taten verhindert. Sei ein bisschen stolz auf dich und deine Leute.«

»Ich werde es versuchen.«

»Morgen ist Freitag. Darf ich dich am Wochenende ein wenig aufheitern?«

Hagena lachte leise. »Gerne. Ich freue mich.«

»Okay, mein Sheriff, dann komme ich morgen nach der Arbeit zu dir. Ich erwarte, dass du mich von Freitag bis Montagmorgen verwöhnst.« Sie lachte schallend.

»Ich werde es versuchen. Morgen früh gehe ich als erstes einkaufen.«

»Was gibt es bei dir am Wochenende?«

»Lass dich überraschen.«

Lächelnd steckte er das Smartphone in die Jackentasche, löschte das Licht, verließ das Büro und fuhr nach Hause.

Um kurz nach sieben Uhr am nächsten Morgen saß Hagena auf seiner Terrasse und genoss die angenehme Morgenluft. Sein Kater erschrak, als plötzlich eine Gestalt um die Hausecke gelaufen kam und schnurstracks auf Hagena zustapfte.

»Moin, Jan. Ich hab dich gesehen. Bist ja früh auf den Beinen. Hast du frei?«

»Moin, Oma Wilma! Ja, ich habe heute einen freien Tag.«

»Dann komm in einer halben Stunde rüber. Bis dahin habe ich Tee gemacht und Rührei wird auch fertig sein.«

Ohne auf eine Antwort zu warten, verschwand die Alte so eilig, wie sie gekommen war. Hagena musste schmunzeln, ging ins Haus, zog sich ein frisches Hemd an und lief zurück nach draußen. Etwa zwanzig Minuten später stand er mit einem Blumenstrauß in Oma Wilmas Küche. »Blumen aus dem eigenen Garten, für die beste Nachbarin, die man sich wünschen kann.«

Oma Wilma, sonst leicht distanziert und wortkarg, lief auf Jan Hagena zu, umarmte ihn und sagte mit leiser zittriger Stimme: »Du bist der Beste. Das meine nicht nur ich, das steht auch heute groß in der Zeitung. Schön, dich als Nachbarn zu haben.«

Sie wischte sich eine Träne aus den Augen, bevor sie sich wieder ihrer Pfanne mit dem Rührei widmete.

ENDE

LIEBE LESERIN, lieber Leser, schön, dass Sie diese Lektüre ausgewählt und gelesen haben. Ich hoffe, Sie hatten einige spannende, kurzweilige und schöne Stunden mit diesem Ostfrieslandkrimi. Über eine Amazon-Rezension von Ihnen würde ich mich sehr freuen.

EIN HERZLICHES DANKESCHÖN IM VORAUS !

IMPRESSUM

Jan Hagena und die vermisste Schülerin

Ostfrieslandkrimi

Cover: Meinders Design

Lektorat / Korrektorat: MM

Ostfriesland Mai 2024

Ella Lorenz

Vertreten durch die Agentur MEINDERS DESIGN

H. Meinders

Lortzingstraße 9

D 26810 Westoverledingen

E-Mail: ideenwerk24@icloud.com

Über die Autorin

Die Autorin Ella Lorenz ist eine waschechte Ostfriesin. Sie lebt mit Mann und zwei Kindern in der Nähe von Leer, unweit der Ems. Sie liebt die Deiche, das raue Klima, die Weite und die Menschen zwischen Meer, Moor und Marsch.

Schon seit frühester Kindheit fasziniert sie das Schreiben. Inspiriert von der Schönheit Ostfrieslands und seinen Menschen, verfasst sie spannende, unterhaltsame Geschichten, Romane und Krimis.

Kontakt über die Agentur MEINDERS DESIGN:

E-Mail: ideenwerk24@icloud.com

Bücher von Ella Lorenz

Tod auf Norderney

Vermisst auf Norderney

Stumme Schreie auf Norderney

Wut auf Norderney

Rache auf Norderney

Angst auf Norderney

Printed in Poland
by Amazon Fulfillment
Poland Sp. z o.o., Wrocław

43425831R00128